花開的好日子

彭樹君 著

【推薦序】

聽見花語

作家，國立東華大學英美語文學系教授　郭強生

跟樹君很早很早以前就結識了，早在還不懂文學是什麼的當年，我們就只是開心地在寫，順利地出了書。幫我們出書的那家出版社，當時網羅了一群像我們一樣年輕的孩子，與所謂主流文壇形成了對壘，因為這群「風花雪月」的校園作家，每本書都以一個月再刷一次的銷售速度迅速竄起而飽受批評。然而，那段搭上了台灣出版盛世的黃金歲月，不過短短兩三年，我們隨即就奔往人生的下一個目標，繼續求學的繼續求學，正式進入體制的進入體制，結婚的結婚，出國的出國……為知，那樣無憂的歲月，也正悄悄遠離。

就這樣，我與樹君一隔將近二十年不見。二〇一四年一趟與對岸交流的十餘天參訪，我們重逢了，一路上慢慢地將這二十年來各自的悲歡，小心地，一點一點地，悠悠向彼此傾吐。在接下來我那段人生無比晦暗的時光裡，有時我們在午夜時分約在某家居酒屋或小酒館，藉著交換著一段一段記憶或生命中的小故事，卸下心中的焦慮或無奈，而最終得以在無人的街頭微笑揮別。

而那些曾讓我聽完之後或莞爾，或會心的小故事與微心聲，許多如今都收在這本《花開的好日子》裡了。

我已經很久很久，沒有感受聽故事的樂趣了。我幾乎忘了，即使已經是哀樂中年，有的時候還是會渴望像孩子時一樣，有人唸一本故事書給自己聽。屬於熟齡的我們，是不是也應該有一本屬於我們這個年紀的故事書呢？而那又該是一本怎樣的故事書呢？

當然我們已經知道，這個世界上不會有王子公主永遠過著幸福快樂的日子。也不會有魔法的豌豆或神奇的玻璃鞋帶我們進入童話的人生。但是在我們努力與現實纏鬥之餘，不妨偷一點時間，為今天的自己鼓鼓掌，為還能擁有一些珍貴的記憶而驕傲。愛情當然不能放棄，但是要懂得多一點自嘲，少一點自傷。相信也是必須的，相信我們即便迷失過，但還是能找回那個已疏離的自己。我自己或許永遠也寫不出一本這樣的故事書，但是捧讀著樹君的這本集子，我真歡喜在經過這麼多年這麼多年後，我們都依然在寫，還有新書出版可交換。唯有寫下來，這些吉光片羽才得以保存，才會發現文字總是帶著溫柔的光。

我喜歡她在〈遠方依然有光〉中這樣說道：「五年級畢竟是一個精采的世代……到了這個時候，我們都已經很清楚地知道，無論是家庭、事業還是其他，都不是人生的全部，一定還有什麼更重要的東西，像是遠方海面上的燈塔，依然閃爍在前方。」初識的當年，我們都為自己設定了好多目標，有的達成，有的走了樣，但失落的遠比收穫的多。讀到她寫的這幾句，「別執著什麼……一切不過是夢的劇本，所有的焦慮、悲傷與痛苦都不是真的，醒來就沒事了。人生也是如此，唯有努力醒來而已。」我內心悲喜交集。因為知道，都是辛苦地一路走來，五年級的「精采」我們都嘗到了，「努力醒來」聽起來似乎與大家追求的金錢地位成功幸福毫無關係，但卻是一針見血，點破了人生的荒謬與虛枉。

集子中的〈Moment〉卷，收藏著樹君覷看紅塵的種種觀點，有一種安靜的慧黠，如琉璃風鈴般輕漾。〈Facebook〉與〈Memory〉兩卷，其中許多篇與其說是散文，不如說更像是一則則精準的微型小說。不久前，小說與散文的區隔在文壇引發了不少筆戰，在樹君的這本集子裡，倒是遊走得十分自然，因為她天生就是一個說故事高手，不管是自己的故事還是別人的故事。在我看來，小說散文化是一種風格，但散文小說化不是材料真實性可議的問題，而是寫作者生命經驗貧乏終不能成氣候的癥狀。讀完這兩卷，讓我對樹君何時重拾小說之筆也有了期待。

花開的好日子，每個人都有屬於他（她）個人的記憶。還能夠有期待花開的心情，也許才是最幸福的。

【前言】

但願天天都是花開的好日子——彭樹君的自問自答

這本《花開的好日子》是怎樣的一本書？

這是我的散文集，分成三個部分：〈Moment〉是許多瞬，一些偶然的片刻；〈Facebook〉寫臉書的世界，關於人與人之間的靠近與疏離、熱情與寂寞；〈Memory〉寫生命中的過往，以及失落與領悟的故事。

這些文章是成書的時候才做這樣的分類，但在書寫的當下，很像是忽然開出的花，沒有什麼事先的計畫。

更多的時候，靈感就像天邊過境的飛鳥，如果沒有立刻寫下來，一眨眼就不見牠的蹤跡了。

所以當片段的創作文字成為具體的一本書時，我總是覺得萬分感謝。能有一本書來收集這些年來偶然開出的花朵，這真的是一種美好的恩寵。

每天早晨醒來，第一個湧入妳心中的意識是什麼？

曾經有很長一段時間，每天早上醒來時，我第一個想起的都是煩惱的事，而那是多麼糟糕的開始啊。第一天的第一個意識何其重要！為什麼要自尋煩惱呢？

因此我漸漸養成了一個習慣，每天早上醒來，第一件事就是先祈禱。我會在心中默唸：今天又是新的一天，但願所有我愛的人和愛我的人，今天都平安快樂。然後我帶著這份祝福開始我的一天，這使我的每一天都是一個平安快樂的開始。

每天晚上臨睡前，妳會對自己說什麼？

無論是好是壞，今天都已經過去了，所以我總是會告訴自己：明天就要來了，今天的一切都要放下了。除了安眠，此刻再也沒什麼好做了。

因為每天臨睡前這樣小小的提醒，讓我心裡始終有個聲音：人生也不過是一場夢，有什麼好執著呢？

妳希望自己是個怎樣的人？

我喜歡溫柔的人，也希望自己是個溫柔的人。

因為溫柔的人其實是心靈能量很強大的人，所以可以包容一切，可以在天崩地搖的時候依然心平氣和地微笑。

溫柔還包涵了許多美好的特質，例如溫和、溫暖、善良、愉快、同理心。我希望自己也擁有這些特質。

妳最喜歡做的事？

我喜歡閱讀、寫作、散步、瑜伽、音樂、電影、旅行……

但我最喜歡做的就是什麼也不做，只是靜靜坐著，像神秘學家說的，讓花自己開，讓草木自己生長。

心情不優的時候，妳怎麼排遣自己？

我常常需要走一段路。走著走著，感覺心中的淤積就鬆開了；走著走著，原先凝結的什麼就開始流動了；走著走著，彷彿憂愁就被留在身後了；走著走著，好像世界就在我前進的時候悄悄改變了。

妳對於成功人生的定義是什麼？

我從不覺得功成名就是人生的成功，也不覺得賺很多很多的錢是人生的成功，對我來說，成功的人生，是可以與自己相處得很好，也與別人相處得很好的人，是能夠愛自己也愛這個世界的人，若能這樣，人生就不枉費了。

妳覺得生命中最重要的一件事是什麼？

愛。也許這不是一件事，而是一種狀態，持續的狀態。

人生有太多險路與岔路，有時會不知該如何選擇，當我把愛放在最前面的時候，我就不擔心會迷失方向。愛是我的終極指標。

用一個字代表妳的人生關鍵字。

夢。

人生如夢，或者說，人生本是夢。

但因為我不喜歡作噩夢，所以還是要努力作好夢。

有什麼此生一定要完成的事嗎？

我想要一直走，一直走，走到世界的盡頭，去看極光。

我喜歡看天空裡的千變萬化，總是從天光雲影中看見人間的無常，而我想，如果看見了天空裡的極光，在當下因為感動所流的淚水，一定可以洗淨人生裡所有曾經的悲傷，得到完全的釋放，原諒一切，也被一切原諒。

妳的人生座右銘是什麼？

做一個快樂的人，那就是我對這個世界最好的貢獻。

妳有什麼十分堅持、不能妥協之處嗎？

我一定要住在靠山的地方，這件事情無法妥協。

當生活裡的含氧量太低，我總是需要走進山裡，大口呼吸。

山給我安寧與平靜，讓我的心靈有了歸屬。我常覺得自己被山收留，被山治癒。

因為住在靠山的地方，所以我每天早上才可以到山裡去感覺風的吹拂，花的開啟，聆聽鳥聲與水聲。在這種時刻，我分外能體會何謂存在，何謂當下。我的心裡澄澈安靜，無所憂也無所求。我覺得我是一棵適合長在山裡的樹，如果遠離了山，就會失去養分。我想我永遠都需要來自山的能量，一種靜定、深刻卻又無限的能量。

創作對妳的意義？

一開始，文字是我的傾吐，它讓我的心思、情緒與不能說的秘密都有了歸屬與出口。

再後來，文字是我的依靠，它收留了我全部無處可去的情感。

而現在，文字是我的療癒，我希望寫出能安頓自己，也能療癒人心的作品。

除了以本名創作之外，妳也以筆名朵朵寫了近二十本朵朵小語，妳如何區分這兩者之間的不同？

其實沒有刻意區分，一切都是水到渠成，順其自然。

朵朵小語是我的心情筆記，那通常是早晨在山中的隨筆書寫，所以文字裡總是充滿了大自然的元素，關於天空、花朵、草葉、海浪、蝴蝶……在寫朵朵小語的當下，我總是在一種寧靜的心境中。

而本名的創作，或許更貼近真實的人生。

什麼樣的日子是花開的好日子？

當生命裡不再有是非好壞的分別，當一切的發生都可以一笑置之，那時，天清雲闊，心無掛礙，無入而不自得，花開也好，花落也好，天天都是好日子了。

妳想對這本書的讀者說什麼？

給人的一個微笑，就像送出去的一朵花。這本書也是一個微笑，但願看見它的你也收到了我送出的花。

這本書能完成，我要謝謝強生，他為這本書寫了精采的推薦序。

謝謝小花，當我看見她為我拍攝的封面照片時，心中就浮現了「花開的好日子」這句話，後來也以此當了書名。

謝謝承歡，她對這本書的編排呈現了我想要的感覺；也是因為她的鼓勵，這本書的封面書名有了作者的手寫字。

謝謝春旭和婷婷的促成。

謝謝苑如、宛儒、禎慧、曉盈、Bomi、瑞芬……對這本書的付出。

而我還要謝謝你，親愛的朋友，因為是你打開了這本書，它才會被看見。

目錄

Part 1 * Moment

Part 2 * Facebook

Part 3 * Memory

Part 1
Moment

明年開的已是不同的花，
那時的我將不是現在的我，一起看花的也不會是一樣的人。
不變的只有永恆的時間。

溫柔

「真正的溫柔，是無怨無尤。」

忘了在哪一本書上看過這句話，但一直好喜歡。

沒有怨尤就心平氣和，自然溫柔；但無論是對待人，或是對待人生，總難免有些小怨小尤。

所以沒有怨尤是多麼不容易的事啊，那要有多麼廣闊的內在才能包容好好壞壞是是非非的一切。

也因此，真正溫柔的人，都是心靈能量很強大的人吧。

我喜歡這樣的人，但願自己也能成為這樣的人。

一切都好

與很久不見的老朋友見面，她問我：「妳都好嗎？」

這個問題要如何回答？這麼多年不見，經歷過那麼多的悲歡離合，絕不是一句好或不好可以概括。只要輕輕回想一下，就有太多或笑或淚的往事在心頭流過。一切的一切真是一言難盡啊，那些百感交集的心情無法在第一時間一一細數，只能留待往後慢慢訴說。

但我知道老友那樣問，並不是期待得到一個精準的答案；與其說那是個問句，不如說是一個關心的問候。

於是我微笑著說：「一切都好。妳呢？」

美人樹

住家附近山上的美人樹開花了，也快要凋謝了。

粉紅色花瓣高倨枝頭，襯著藍天白雲。樹下落英繽紛。

這是個美麗的早晨，與朋友的山徑散步令我感到愉悅的情感交流，內心像眼前的天空一樣無邊地敞開。

美人樹的花期不長，只有一個秋天。還好，年年秋天都會開花的。

但明年開的已是不同的花，那時的我將不是現在的我，一起看花的也不會是一樣的人。不變的只有永恆的時間。

小詩

閒來無事，拿起電視遙控器隨意瀏覽，看到一個美國的選秀頻道，一個黑人女子說自己為什麼喜歡唱歌：

「因為當我唱歌的時候，我覺得自己脫離了塵世，彷彿在遼闊的銀河系裡飄浮。」或許因為生活不易，才二十二歲的年輕女子卻有歷盡滄桑之感，她的頭髮像蓬亂的稻草紮成的掃把，一襲暗色布料遮不住肥胖的身材，然而她說的這句話真美，像詩一樣打動了我。

另一個關於好萊塢的節目，採訪某個向來被視為性感象徵的美麗女星，但她說自己平常就只是個平凡的鄰家女孩：

「我沒有把好萊塢當成我的生活，因為那不是真的。那種浮華就像在水上行走，你若以為那是真的，很快就會下沉了。」

這也是詩的意象啊，我的心裡再度為這句話打上驚嘆號。

隨意瀏覽電視竟能得到兩首小詩，這種不在預設之中的驚喜，讓我覺得這個下午沒有虛度。

文字的力量

這是一個朋友跟我說的，關於她去參加黑暗靜心的故事。

那次的靜心，九天的時間都在完全的黑暗中進行，但老師說的實在精采，於是她還是在黑暗中打開筆記本，一邊聆聽，一邊筆記。

「每當下一堂課又開始的時候，我再次打開筆記本，只要觸摸紙面，手指的感覺就會告訴我，上一次寫到哪裡了。因為寫過字的地方與空白處摸起來的感覺就是不一樣，所以我總能順利地從上一次中斷的地方接續寫起。」

不可思議的是，九天之後，當她結束黑暗靜心，再度回到光亮的世界時，發現那些在黑暗中寫下的文字，竟然都能辨識。

朋友跟我說的這個小故事讓我感動與安慰，也讓我對文字有更多的敬畏。

因為這證明了被寫出來的文字確實是有能量的，即使在黑暗中，也能作用，也會發光。

被愛

安靜的夜裡，布布貓咪嗚咪嗚地對我說著貓語，一聲比一聲急切。是餓了嗎？我開了一罐牠喜愛的魚湯罐頭，但牠簡單吃了兩口就走開了，然後繼續咪嗚咪嗚。

還是渴了呢？我在牠的水碗裡換上新的水，但牠只是遠遠地看著，還是咪嗚咪嗚。或者是想嗑些貓草？我又倒上一堆牠最愛的貓草，牠舔了一半，依然咪嗚咪嗚。你究竟想要什麼呢？布布貓。我在沙發上坐下，迷惑地看著牠。牠也跳上沙發來，以一雙碧綠色的眸子凝視著我。

然後牠撒嬌地用頭磨蹭著我的腿，並且緊緊挨著我躺下來。我撫摸著牠可愛的臉頰、下巴和柔軟的身軀。牠閉上眼睛，不再焦躁地咪嗚咪嗚，而是開始安心地呼嚕呼嚕。

原來布布貓要的是我的陪伴啊。

貓和人一樣，最想要和最需要的，無非是被愛而已。

放鬆就好

前些日子，大約是初春時候，我的愛貓布布跛了腳。

他將右前肢縮起，就那樣靠著另外三隻腳的力量前進，看著走路姿勢向來優雅的布布貓成了三腳貓，我揪心不已。

醫生說是關節炎，於是開始餵藥；但在醫治關節時，醫生發現布布貓還有腎的問題，那就得先把腎治好才行哪，否則藥物將帶來更大的負擔，於是醫治方式改為天天皮下注射；然而在這個過程裡，竟然再加碼發現布布貓還有心肺功能的問題，這樣一來治療心肺又成了當務之急，否則皮下注射將更加重心肺的負荷……就這樣，無助的我天天帶著無奈的布布貓奔波在兩家獸醫院之間，但是他的跛腳不但毫無改善，還多了一籮筐有待治療的疾病。

終於有一天早上，該是帶布布貓上醫院的時間，他卻躲進我的床底下，不肯出來了。

我知道他早就受夠了，其實我也是，但怎麼辦？誰忍心愛貓因病痛受苦呢？

我彎下身，對著床底柔聲呼喚布布，告訴他這都是為他好。

但他不理我。就這樣在我的床底躲了一天一夜。

第二天早上，我起床，看見布布躺在落地窗前曬著太陽。我走過去伸手要撫摸他，他卻站起身來，閃過我，堅決地、頭也不回地、一跛一跛地又走進了我的床底下，臉上的表情是：我不愛妳了！我們之間到此為止吧。

在這個瞬間，我聽見自己心碎的聲音，也明白自己已失去布布貓對我的信任。他當然不懂我為什麼要帶他去他不喜歡的地方受那些他不明白的罪，可憐的布布！他本來是那樣一隻親人愛人的貓，但這段日子沒有治好他的病，還讓他承受了這麼多的恐懼。

那麼就順其自然吧，別再勉強他了。先讓愛與信任回來吧，再沒有比這更重要的了。

於是我不再帶布布去醫院，一開始他還是防著我，遠遠看著我的眼神裡充滿戒備，與我總維持著數公尺的距離，但隨著時間過去，他慢慢願意靠近我，接受我的撫摸；終於有一天，他又親密地圍繞在我的身邊，用他的頭撒嬌地磨蹭我，允許我抱抱他，也乖乖忍耐我對他沒完沒了的親吻。於是我們又重拾舊好，再度過著快樂甜蜜的生活。

不再天天上醫院之後，除了走路還是跛的，布布一切如常，並沒有顯露出任何生病或痛苦的樣子，而我也接受了他跛腳的姿勢，覺得他即使不良於行，還是一百分的可愛。只要他不會感到疼痛，其實一切都沒關係。那並不會減損我對他一絲一毫的疼愛。

然後，前些日子，大約是初夏時候，某天我忽然發現，布布的腳已經不跛了，他再度成為一隻走路姿勢優雅萬分的貓了！

這一切是怎麼改變的？因為愛與信任是最好的療癒嗎？

或許也可能是因為我自己的心放鬆了吧。當我不再憂心如焚，與我在一起親密生活的貓咪，也就不再感到那份緊繃與焦慮。先前做那麼多，結果只是愈用力愈無力，當我什麼也不做，一切順其自然，好像什麼就鬆開了，然後某個淤積就疏通了，無形之中一切也漸漸好轉了。

擔憂其實都是無用的情緒。從布布貓身上，我再次領悟，鬆開緊繃的心，世界自然也會跟著敞開。就像神秘學家說的，「只要靜靜坐著，花自然會開，草木自然會長。」對於一隻貓來說是如此，對於人生裡的種種，又何嘗不是呢？

醒來

作了一個夢，夢到帶著我的小貓去旅行。牠好小，巴掌大而已，我把牠裝在一只咖啡杯裡，讓牠可以把牠小小的毛毛手搭在杯緣上看外面的世界。

我穿過密林與河流，走過小徑與大街，經過沼澤與花園，最後終於到達終點。正當我覺得一切都結束時，才發現我的雙手是空的，小貓不見了。

於是我回頭，沿著來時路又把我的旅程再走一遍，低頭一路尋找，呼喚失蹤的小貓。我的心裡一片慌亂，我的貓呢我的貓呢？我急得就要哭出來。我覺得這隻小貓是我生命中最重要的東西，如果失去牠我就什麼也沒有了。

忽然一個念頭闖進我心裡：這隻貓真的存在嗎？會不會我在作夢啊？

當下我站定了，不再往前走，而是試著讓自己醒過來。

一旦疑心自己是在夢境裡，要醒過來也就不難了。

醒來之後，我躺在床上，現實感如水一樣慢慢滲透，夢裡的混亂也漸漸淡去。是的，我是有一隻貓，但牠是八公斤的肥貓，而不是巴掌大的小貓。我鬆了一口氣，原來我從未失去那我所從未得到的。

我總是重複作著類似的夢：總是執著於某樣東西。總是感到失去那樣東西的強烈痛苦。總是試圖尋回而未果。接著總是靈光一閃地懷疑自己在作夢。最後總是回到現實而發現那樣東西根本不存在。

作夢的當下覺得是可怕的噩夢，醒來之後思索這其中深意，卻感謝這個夢的提醒：別執著什麼。別為了失去什麼而迷失自己。一切不過是夢的劇本，所有的焦慮、悲傷、失落與痛苦都不是真的，醒來就沒事了。

人生也是如此，唯有努力醒來而已。

宿命之謎

我忘不了那個從輕航機上輕生的女孩。

一個大學女生，在二十一歲生日的這天，搭乘輕航機時，悄悄在後座解開身上的安全帶，毫不猶豫地飛向她心中的那片天空，臨別時只留下輕輕的一句：「今天是我生日。」

新聞照片中明眸長髮的她，據說是醫師之女，家境富裕，這樣的女孩為什麼尋死？沒有人知道。人心是最難解的謎。

或許她留給駕駛的那張紙條可以看出一些端倪：「對不起，嚇到你了。祝你擁有超越表象的平靜。」可能她想要的就是這樣的平靜，而她認為唯有死亡才能達成。

至於那個輕航機駕駛，為了這場意外，事後要繳鉅額罰金，甚至還要服五年以下的刑期。這樣未曾預料的後果，若他還能「擁有超越表象的平靜」，也太不可思議了。

他們在此之前素昧平生，只因她前一天投宿他的民宿，偶然間知道他擁有一架輕航機，就千求萬求地求他載她飛一程。他百般不願，因為他沒有當日的領空權，那樣做是違法的。但他畢竟還是勉強同意了，然後憾事就發生了。

那是怎樣的緣分啊！她臨死前最後一句話是對他說的，而他為了她的輕生必須付上可觀的代價。兩人原先並不相識，彼此的命運卻以這樣的方式相撞。

這是前幾日的新聞，我到今天仍放不下它。我不認識那個女孩和那個駕駛，卻為他們頻頻嘆息。這其中不可解的宿命關聯，在劫難逃的業力牽引，讓我感到難以言喻的顫慄。

第五次元

也許天使就在這個世間，就在我們身邊，只是祂們在第五次元裡，所以我們看不見。

第五次元，是三度空間的長、寬、高，加上時間，再加上愛，所成的空間，是良善的靈魂所聚集之處。

那麼，心中被愛充滿的人，也許就進入了天使的世界。這是一個象徵的說法，也可能是一種真實。天使也或許不是福音書裡或教堂壁畫上的樣子，而是以一種光或更高意識的形式存在。

我相信天使的存在，就像相信愛一樣。

我的農夫朋友

因為被憂鬱侵襲的緣故，我的朋友幾年前離開台北城，到盆地邊緣租了一塊田，過起農夫生活。

這天我收到他寄來的包裹，打開來，是一串青綠綠的香蕉。不久又接到朋友的電話，他說為了裝箱寄出，必須在尚未熟成之前就從樹上採下，以免到我手中時已是爛熟狀態。

我把這串香蕉放在窗邊，打算用陽光烘暖它，並依照朋友囑咐，旁邊再擺上幾個熟透的蘋果，這樣更容易將香蕉催熟。

想想這串香蕉從種下樹苗到結出果實，需要兩年；果實掛在樹上慢慢長大，需要七八個月；現在我將它放在窗邊的籃子裡，讓它轉成可口的黃色，也需要一個星期，就覺得一切的等待多麼不容易，卻也多麼值得。

一如朋友憂鬱的心，在種下香蕉之後的這段時間裡慢慢開朗了起來，電話中

他的聲音聽起來充滿元氣。大自然加上單純的勞動果然是最好的療癒，但這也需要耐心地等待，一切才會得到改變，才會出現轉機與生機。

衷心祝福朋友平安快樂，心田與農田都有美好豐富的收成。

而這串還需要等上幾天才能品嘗的香蕉，我想，嗯，一定很甜。

天使的封印

今早閱讀一本尚未出版、準備寫序的書，其中一段很有意思：

按照猶太傳說，人一出生就忘記靈魂在出生前所做的一切，是因為天使用食指按了唇上的人中，把一切舊記憶封印在人的上嘴唇之中，所以人在出生之前的作為，只留下人中的那一點記號了。當人在思索或追憶時，手指會不自覺地摸到上唇人中，原因就在此。

讀到這裡，我也不自覺地摸著自己的上唇，心想，原來這裡有被天使封印的記憶啊……那麼，如果我常常輕觸這裡，是否可以想起一些前世記憶呢？

深夜獨行山中的女子

朋友住在山上，半夜出門餵貓時，看見一個陌生女子經過。山上住家少，住戶都是熟面孔，這女子或許是某家的訪客，但怎麼會在夜半時分一人踽踽獨行下山呢？好心的朋友不放心，餵完貓之後開車去追，果然看見這女子孤寂的身影，而且臉上布滿淚痕。

朋友熱心地說要載她下山，卻被她婉拒了。她說想要自己一人好好想一想，還說這段下山的路她以前就走過，兩個小時之後即可下山。

朋友看這女子身形容貌皆美，談吐不俗，卻如此傷心，頻頻為她嘆息與不值。天涯何處無芳草，朋友說，這段路以前就走過，可見她以前就傷心過一回了，怎麼還會再傷心第二回呢？讓一個女子在深夜裡獨自走兩個小時的山路下山，這樣的男人不要也罷啊。

我不認識這個女子，卻彷彿看見她的樣子：一個心碎的身影，走在黑暗幽寂的冬夜山路上，天寒地凍，冷意直穿透她的身心。

會讓一個女人這樣傷心流淚的，無非毀壞的愛情。合理的推測是，她愛的那個男人住在山上，她來找他，不知發生了什麼樣的衝突，使她不顧一切地離開？也或許是她在他的門外苦等到深夜，終於不得不離開？

而是怎樣的一個男人，忍心讓一個女人在寒夜裡獨行下山？他不擔心她的安危嗎？這樣的男人怎麼說都是冷酷無情的，就算條件再好，也不值得為他付出感情。

也或許，這個女子婉拒朋友載她下山，是因為她心中仍有一絲期待，以為那個男人會追上來？但他先前已讓她獨行過一回，實在不該再對這樣的對待有所期待。

愛情裡，重要的不是對方的條件，而是對方對待感情的方式。如果無法被所愛的人善待，還是把心收回來吧。

我惦念著這陌生的女子，希望她已經平安下山了，也祝她快快從心碎中康復，別再自苦，別再為了一個不能善待她的男人，走這樣一段寒冷又孤單的道路。

儀式

她每天投一篇稿子給我，經年累月，無一日間斷。

但從來沒有任何一篇可以留用，因為都是一些個人流水帳，她鉅細靡遺記錄著其實乏善可陳的生活，並且很有恆心地天天投稿，就算不曾有過任何一篇刊登，也不能減損她的堅持。

出於一個編輯的敬業，我總是一字不漏地看完，心頭同時微微泛起難以解釋的惆悵與抱歉：對於這些無法刊登的稿件，我可能是她唯一的讀者了。

但或許她並不在意是否刊登，只是為了傾訴她自己並不清楚的那些什麼吧……也因此我知道了她的一切枝枝節節。雖然從未謀面，不曾交談，我對她的了解卻超過許多相交十年的朋友，包括她哪天買了一打雞蛋，哪天去哪裡散步，去年生過什麼病，上個月鄰居來串門子說了什麼話等等等等。

所謂雞毛蒜皮。

我也漸漸拼湊出她的樣子：獨居。保守。開了一家早餐店。覺得穿無袖的T

恤很難為情。希望有一天可以有人幫她打蟑螂。

她的稿件總是規規矩矩地附上地址，我開始認真考慮也許哪天該去她的早餐店買一份起士蛋餅。但也只是想想而已，畢竟那是在某一個我從未去過的遙遠小鎮。

日復一日，她把平淡寡味的個人流水帳寄給我。日復一日，我在編輯台上讀著她的日記。這彷彿已經成為我們之間某個秘而不宣的儀式，只是她並不知道……

一瞬之光

這個傍晚，我外出散步，看見非常美麗的天空。

是那種被稱為莫內藍的顏色，也就是法國印象派畫家莫內晚年在接受白內障手術之後，看見了一般人看不見的紫外線，所畫出的藍色睡蓮那種藍。

莫內藍，此刻映入我眼中的天空藍，是黃昏最後的微光，這種不屬於人間的藍色，據說可以直抵人心最幽深之處。

我停下腳步，虔敬地仰起臉，把整座天空看進眼中，收入心底。再過一會兒，這微光就要淹沒在漸深的黑夜之中。這樣的一瞬之光接近一種天啟。身旁不斷有人來來去去，然而沒有人抬頭看向天空，因為他們專注於掌中狹小的視窗，忽略了頭頂之上，那個巨大美麗的藍色視窗。在這樣的當下，彷彿只有我看見了某種神秘的指引，就像一個Just for me的秘密。

在這一瞬間，生命中無數的一瞬一起重現，也一起幻滅。

也是在這一瞬間，我想起有很長的一段時間，在我年紀很輕的時候，我曾經無法在黃昏的天空下行走，因為我害怕看見一日的餘光消失，害怕進入夜色之中。

當那樣的光直抵我內心最幽深之處時，總是讓我無法承受。所以我習慣在黃昏時待在室內，並且拉上厚重的窗簾，假裝外面的世界並不存在。

後來有人告訴我，那是「黃昏憂鬱症」，是對於一日將盡的惆悵與失落。

但此刻，我獨自凝視著那同樣是莫內藍的天空，沉浸在它無邊遼闊的寧靜美麗之中，心中卻是充滿喜悅與恩寵。為什麼我的心境如此不同？

或許過去那不是憂鬱，而是對於美在瞬間消逝的不捨與留戀，所以寧可不要看見，因為沒有得到就沒有失去。然而在經歷了人生種種，好的壞的，歡愉的悲傷的，光明的黑暗的，在這一切的發生之後，我已經明白，無常是人生的本質，就像一瞬之光的天空。

生命是無數的一瞬，是一個片刻連著一個片刻，不知什麼時候，我已學會放手讓那些片刻過去，不再留戀也不再回想，不再因為害怕失去而不敢擁有，也不再因為已經失去而憾恨。於是如今我不但能安然地在黃昏的天空下行走，還能駐足欣賞那即將消失的微光，這或許表示我心中對於未知的恐懼已得到了療癒。

在一日將盡的此刻瞥見這一瞬之光，就像在長長的人生裡，無數擦肩而過的機緣中，一次驚鴻一瞥的偶遇與回眸。雖然每一個一瞬終將逝去也正在逝去，或是已經逝去，但我知道，只要我心甘情願地放這一瞬走，這一瞬我就得到了自由。

微笑

為了買一盒來自死海的浴鹽，我和來自以色列的芳療師聊了起來。他是個眼神清澈的年輕男子，穿著潔白的襯衫，給人的感覺清新愉快。

當我買完浴鹽要離開的時候，他請我等一等，然後拿出六塊色彩繽紛的精油香皂，要我聞聞它們的味道，並問我最喜歡哪一塊？

黃色的檸檬、綠色的橄欖、紅色的水蜜桃、靛色的薰衣草、橘色的橙花，以及藍色的海洋。每一塊都很美麗也很芳香，一時之間我難以決定，只能微笑地看著他。

他也微笑地看著我，同時把六塊香皂一一疊起，然後一起放進提袋裡遞給我。

「一份禮物。」他鄭重地說：「但答應我，別忘記微笑。我非常非常喜歡妳的笑容。」

我先是一愣，隨即欣然接受這份好意。「太好了！今天正好是我的生日，謝謝你！」

他立刻給了我一個擁抱。「生日快樂！」

回家的路上，我的心情很美麗也很芳香，滿滿都是快樂與感謝。我與他只是初次謀面，他卻對我如此慷慨。他不僅是送給我這些香皂，還用讚美的方式鼓舞了一個又老去一歲的女人！這份陌生人的善意讓我感動莫名。想想，這簡直像是神送給我的禮物一樣！這位來自以色列的男子，也許真的是天使喬裝的呢。

於是我把這六塊香皂裝在漂亮的盤子裡置於玄關，這樣我每一次出門與進門都會看到它，就像看到神對我的眷顧一樣。也因為這份恩寵的感覺，我將一遍遍想起那個溫暖的提醒：記得微笑。

夢的視窗

那陌生的一男一女開門進來，風一般地穿梭在屋子裡，逕自查看每一個房間，討論每一件家具。我跟在他們身後，一再重申：「這是我家耶！你們無權進來，請立刻離開！」但兩人對我視若無睹，好似我不存在，最後這對無禮的男女甚至決定在我的屋子裡住下來。

夢作到這裡，我心情沉重地醒來，然後發現原來只是一場夢。還好，夢中的一切都沒有發生，瞬間我大大鬆了一口氣，並再次領悟，美夢雖好，但有時噩夢更有療癒價值，充滿撥亂反正的意義。

忘了從何時開始，我一再作類似的夢，夢中劇情雖然不同，主題卻都一樣，都是安全感受到侵犯與挑戰——

我的家是一座莊嚴的教堂，然而牆角卻被挖去一塊，有人偷偷在那裡蓋了一間小土地公廟，當我發現時已經太晚，小廟居然香火鼎盛，而我束手無策。

我的家是一片遼闊的牧場，但破爛的柵欄防不了什麼，當我騎著馬在西邊巡邏時，印第安人竟從東邊呼嘯而入，等我趕到東邊，西邊卻又來了另一批壓境大軍，讓我疲於奔命。

我的家是一間有著許多展覽室的美術館，可是收藏不斷地減少，於是我決定要逮到那個可惡的竊賊，然而在我追逐他鬼祟的黑影時，卻只是造成更大的破壞，許多珍貴的藝術品東倒西歪，終究我什麼也沒抓住，看著滿地狼藉，我只有欲哭無淚。

類似的夢境一再在夜的屏幕上演，這其中象徵的意義很明顯：夢中的家代表了我的內心之家，它有個不安的缺口，需要我正視它的存在。

白日的從容靜定，在私密的夜夢裡是另一回事。夢總是揭露了潛意識裡的什麼，讓人偶然瞥見意識之下那一片不可測的深海，海裡可能有發光的魚，也可能有陸地上無法想像的怪奇生物。夢的視窗讓人看見了自己渾然不覺或已經遺忘的某個部分。

而清醒地面對自己的那個部分則是夢境之外的事，但一旦看見了，知道了，就是自我療癒的開始。若是有一天，我不再作不安的夢，夢中的教堂不再被挖走牆角，牧場的每一根柵欄都完好，美術館的珍藏也都各安其位，更不會再有無禮的陌生人任意進出，那就是我的內心之家已有堅固的屋簷，可以遮擋所有人生的風雨。

LOVE

但夢的探索是無盡的，那時，夢的視窗依然會在黑夜裡開啟，依然會讓我看見那些白日的自己也不知曉的秘密，它們像發光的魚，或是像陸地上無法想像的怪奇生物，躲藏在那片潛意識的深海裡，等著我發現它們，承認它們的存在，或者說，等著我記起某些被遺忘的回憶，關於那個內在小孩，那個永遠需要被愛被擁抱被無條件接納的自己。

路過的窗

旅行的時候，路過的窗總是令我浮想聯翩。

是什麼樣的人住在那扇窗裡面？他或她快樂嗎？喜歡現在的生活嗎？早晨起來會記得昨夜的夢嗎？他或她覺得人生最重要的是什麼？想要完成的夢想是什麼？一直想去而還沒去的是什麼地方？

當然這些都是我的浮想，不會有答案，畢竟我只是路過而已。

那麼，我又想，如果這是我的窗呢？在那扇窗後，我會有怎麼樣的生活與人生？

一樣沒有答案，我只知道，我會透過這扇窗來看世界，想望著遠方，然後在旅行的時候，浮想著路過的窗。

限定的時光

和一個朋友久未聯繫，再有她的消息時竟是她離開了人世，而且還是從新聞得知這個訊息。

與其說震驚，不如說感慨。人生本無常，只是我們總是以為日後還有無盡久長，還會再見，卻忘了每一次相聚也許都是此後不再的限定時光。

朋友是個熱情、智慧，充滿旺盛生命力的人，這一生過得很精采，對於爽朗豁達的她來說，死亡或許只是一場旅行。而遲早有一天，我們每一個人都要經驗同樣的遠遊，必須告別一切，獨自上路。

所以就好好活過人生在世的每一天吧。Enjoy the life while still can。在還來得及的時候，過自己想要的人生。若日後有一天，當遠遊之日到來，回顧所來徑沒有太多遺憾，人生一場也就值得了吧。

偶遇

南方姑娘

在陝西南方鄉村認識了一個年輕姑娘，我與她交換微信。漂亮的女孩沒有用她的照片當作個人頭像，而是用一句話來代表，我一看就笑了。那上面寫著：

「你討厭我，那又怎樣？難道你喜歡我，我的人生就會昇華嗎？」

山徑女人

在山徑上遇見一個精神抖擻的女人，我問她去哪兒？她說她正趕著去搭下山的公車，然後再轉車到某醫院去當義工。

「我每天都去噢！我天天帶著那些老人唱歌跳舞，他們都好開心，很喜歡我去。」

「那些老人大概幾歲？」我問。

「六、七十吧。」

我看著她銀白的髮絲，問她：「那您呢？」

她呵呵地笑：「我八十囉。」然後她健步如飛地走了。

詐騙男子

我很少接到詐騙集團的電話，但剛才來了一通。

「彭小姐嗎？這裡是PC home，」那頭是一個廣東腔的男聲，聽起來是生手，說話有點緊張結巴，「妳是不是在今年X月X日買了一瓶貨到付款的香水？現在這筆款項出了一些問題……」

我默不作聲地聽他把那套沒有創意的台詞演練完畢，心裡萬分詫異，這麼老梗的劇本誰會上當相信？然後我嘆了一口氣，淡淡地說：

「你是詐騙集團，對不對？我今天心情不好，所以不要來煩我，好不好？」

一陣短暫的靜默之後，他竟然吶吶地說：

「那妳先靜一靜吧。等妳心情好了，我再打來。」

牙醫師

我的牙醫師是個溫柔的人，他對我的鼓勵像是幼稚園的老師對待小朋友。只要簡單的張嘴閉嘴，就能贏得他一連迭聲的讚美。

「嘴巴張開……啊……嗯，很好！」

「嘴巴閉起來……嗯嗯，非常好！」

在心情低落的時候聽到他不斷地說我「很好」、「非常好」、「好極了」，讓我從診療椅上起身的當下，好想對他說：「謝謝，我會振作。」

日常

山雨欲來，涼風灌滿了我的山居小樓。

安靜的午後，只有簷前的風鈴叮叮作響。此時適宜關上音樂，專心聆聽風的聲音，即使最愛的巴哈也是多餘。

在屋子裡走動，身前身後都有風的跟隨。

被這樣的風吹著，心裡漸漸溫柔清爽了起來，覺得一切都如此寧靜安好，一切的往事皆可以遺忘，一切的錯誤也應該被原諒。

真的，只要風繼續吹，就沒有什麼事是過不去的吧。

因為風的緣故，一切也終將成為過往。

美人

曾經紅極一時的玉女明星急流勇退，在異鄉過著息影後的生活。但影劇圈的狩獵鏡頭沒有放過她，就算已經卸下明星身分，被偷拍的照片還是三不五十驚爆媒體，每回都引發一陣譁然：她發胖了，她走樣了，她整形了，她開始呈現老態了……

難道女明星不能老，不能胖，只能永遠停留在青春正盛的模樣嗎？都已經與世無爭，遠離紅塵是非，甚至隔著三大洲五大洋，但還是逃不過，還是每隔一段時日就成為影劇新聞的頭條。儘管她已拋下璀璨的明星生涯，可是追逐的眼光還是如影隨形。

如此身不由己，這是玉女紅星的宿命。在她踏入影劇圈的那一刻，已注定要為日後的擾攘付出代價。對一般人來說理所當然的寧靜生活，對她來說卻是無奈的奢求，連安然老去的權利也被剝奪。

自古美人如名將，不許人間見白頭，但再美的女人，青春美貌也有消逝的時候，這本是自然法則，偏偏外界對美人的變化緊追不捨，硬是將一個女人老去的過程公諸於世且品頭論足，並與年輕時的容貌落差做比較，豈不殘酷？

是殘酷的，然而從某個角度來說，她的美貌已經不完全屬於她，也屬於一個時代，一種典型，或者說一份記憶。一旦美人模樣變了，就代表那個時代過去了，某種典型消逝了，共同的記憶也磨損了，所以眾人才殘酷地不肯讓美人老去。

也因此，人們所悵惘與追逐的，或許不是美人的身影，而是在必然流逝的時光中，自己的倒影吧。

流冰

曾經在某個冬天，我到日俄交界的鄂霍次克海，坐鑿冰船看流冰。鑿冰船以很慢很慢的速度緩緩前進。站在零下三十度的甲板上，來自四面八方一無遮閉的巨大寒氣讓人冷到身心分離，但那種一望無際的冰雪之美也太震懾人心。

海鷗飛翔在靜止的浪花之上，魚群湧動在冰凍的海面之下，而我獨立在白雪茫茫之中，感到的是前所未有的寧靜與合一。

那樣的美景令人脫胎換骨，也許一生就這一次親身相見，但也足夠了。

跟蹤

想起一個女人。

我不認識她，但在她看見我和她喜歡的男人走在一起之後，我與她就結下某種奇怪的緣分。

那個男人是我的一個朋友。那回我和他在某條植滿香楓的路上聊天散步，忽然他的手機響起，傳來一條簡訊：「她比我好嗎？」朋友東張西望，發現了對街的她。

她站在那裡盯著我們看，直直的長髮遮去半邊臉頰，即使隔著一條街的距離，我也能感到她所散發出來的一股強烈的幽怨。

我問朋友：「她是誰？是她發的簡訊嗎？」

朋友苦笑，說她跟蹤他有一段時間了。自從他拒絕她的示愛以後，她就不定時地在他的身後神出鬼沒。但她只是跟蹤而已，像這樣發簡訊來質問他還是第一次。

「她為什麼要這樣？」我不解。

朋友兩手一攤，他也不解。

總之，從那之後，她跟蹤的對象又多了一個我。

但她找錯了對象，我並不是她喜歡的那個男人的女朋友。我和那個男人的交情很泛泛，泛泛到我甚至無法向他抱怨他連累我被喜歡他的女人跟蹤。

雖然她很無害，只是像一縷幽魂一樣默默飄在我身後，保持著不會打擾的距離，但有個背後靈總是一種壓力。那段日子我常感到有一道灼灼的視線緊盯著我，讓我的背部一片緊繃。

她究竟要做什麼？這樣跟蹤有什麼意義？又能得到什麼？

終於有一回，當我發現再度被跟蹤的時候，決定找她說個清楚，於是筆直朝她走去，她卻轉過頭，非常驚慌地快步走開。當我加快腳步，她甚至攔了一輛計程車火速走人。

從那之後，她不再跟蹤我，而我一直不明白，她為什麼要那樣？

於是這個女人成為我生命中的一個謎。但隨著年深月久，也就漸漸淡忘。

時移事往多年之後的此刻想起她，我忽然覺得自己懂得了她的心情。我想，或許她那樣跟蹤我，不是準備做什麼，也不是為了得到什麼，她只是用一種很傻的方式在消耗對那個男人滿腔苦悶的戀慕。

癡心的女人啊，何苦如此？不過愛情本來就是盲目的，單方面的愛情更是讓人有如置身迷霧。

不知現在的她過得好嗎？我發現自己竟然對這個從未說過一句話的女人有一種老朋友般的惦念。祝福她已經與愛同行，不再是跟在誰的身後，而是有她自己的方向與道路。

Cactus

吹黑管的盲人男子與他的狗

我在熱鬧的台北街頭看見他，吹黑管的盲人男子，帶著他的黑狗。

本來已經走過去了，但他的音樂吸引了我，於是我又回過頭，站在一段距離之外，默默聽他吹著有點哀傷的曲子。

狗兒靜靜趴在他的腳邊，一動也不動，黑得發亮，看起來被照顧得很好，但那個安靜的姿勢也有點哀傷。

很年輕的男子，面貌清秀，帶著孤寒的書卷氣，但他看不見，那是我所無法想像的世界。我試著感覺他的感覺，但我知道那太有限。我就這樣聆聽了他很久，然後走過去，在他前面的箱子放進了錢，蹲下身，輕撫狗兒的頭。好乖的狗，任我撫摸許久許久，還是安安靜靜，一動也不動（但我後來才知道，這是個錯誤動作，執勤中的導盲犬，他人不能觸碰）。

也許是感覺到我的存在，但不明白我的意圖，男子有點不安地停止演奏，行人匆匆的流動的世界頃刻間似乎也靜止下來。

終於，我起身，輕輕對他說，謝謝你。
不知他聽見了沒有，我看不見那墨鏡後的表情。
其實我也不明白為什麼要感謝，也許是感謝這個世界就算再怎麼黑暗，也總有動人的音樂。
在我離開之後，身後又傳來黑管悠揚的曲調。

梔子花

那時候，我喜歡坐在教室窗邊的位子，只為了窗外那株梔子花。美麗的純白的梔子花，在夏天裡散發著甜香，勾引我浮動的心，讓我沉浸在某種遐想裡，思緒不知飄飛在哪個雲端。因此我從來不是個專心的學生，也許我的注意力是被花香分散了，也許我是在期待某個身影從我的窗前走過。

然後開花的季節過了，梔子花落了，夏天和青春一樣短暫；然而今年的夏天過了，明年會再回來，青春卻一去不返。

畢業後再回到校園去，看見種花的地方蓋起了校舍，心中有很深的悵然。梔子花到哪兒去了呢？

如今每當回想起那段校園時光，記憶的背景裡總會浮現著一株純白的梔子花，而我知道，我懷念的不只是花的甜香，還有不會再回來的青春時光。

是誰在嘆息？

假日深夜，大約十一點過後，我獨自一人開車行經北二高烏來到木柵之間的某條隧道，車上音響放的是小久保隆的《風之書》，而我沉沉地想著心事。

但漸漸地，一種奇怪的感覺漫上心頭，咦？怎麼這首曲子的前奏這麼長，一直沒有進入主旋律？同時我注意到夾雜在前奏裡，那輕輕的嘆息聲，就像有人想說什麼卻又說不出口那樣的欲言又止。

也忘了是哪條隧道，只是在那個過程裡，我覺得隧道好長好長，而那首曲子很不可思議地始終停留在前奏階段，伴隨著神秘的嘆息。我心中沒有一絲絲恐懼，因為那嘆息聲很溫柔，或許有憂傷，但並無惡意。

出了隧道，音樂立刻進入主旋律，嘆息聲也隨之消失。而我幾乎是立刻就忘了這神秘事件，又回到我原來沉沉的心事裡。

今天早晨聆聽小久保隆，這件事隨著音符再度回到我的意識中。我這才忽然好奇起來，那是誰在嘆息？在那嘆息的背後，想傳遞給我的又是怎樣的訊息？

也或許，那是我自己心裡的回音，就好像虛空中有人聽見了我的心事，為我輕輕吐出了心底鬱積。

編織的女孩

星巴克裡，三分之一的人在聊天，三分之一的人在用筆電或是滑手機，其餘有的看書有的發呆，只有那個女孩在織一條圍巾。她坐在角落裡，專注著手中的編織，長髮半掩，心無旁騖，人來人往一點兒也不會影響她。幾個色彩鮮豔的毛線球滾落在她身旁的沙發上，在這間明亮的咖啡館裡，構成一幅充滿違和感卻又奇怪地令人愉悅的畫面。

我直覺地猜想，這個女孩所織的圍巾應該是要送給她喜歡的人做為耶誕禮物。很久以前，我也曾經織過一條圍巾送給了某個人做為耶誕節的禮物，那是我這輩子到目前為止唯一完成的編織品。我還記得我用的是灰藍色的毛線，那條圍巾只能說是心意十足，織得歪七扭八卻長得可以拖地，圍上它之後就算在脖子繞上三圈還是太長，牽牽絆絆的十分累贅。難怪收到禮物的人雖然表示驚喜，卻只戴了兩次就悄悄收起來了。

為什麼要織那麼長的圍巾呢？如今回想起來，我已經無法追溯當時的想法，年輕女孩腦袋裡所裝的東西本來就是個謎，連多年後的自己也無解。

有這麼一個人

想起了T。

T是常來我編的版面投稿的作者，他的文字有一種古典的情調，優美中兼具思考，看得出來曾在中文系的詩詞歌賦裡優遊，卻又沒那麼耽溺。

編輯總是有一些需要打電話給作者的時候。有一次，我和T在電話裡聊開了，我問他是不是文字工作者？他說，不，他是個搬家工人。

「可是，我以為你唸過中文系。」我沒有掩飾我的驚訝。

「我是呀。搬家工人不能唸過中文系嗎？」他笑了。

他說他畢業於某國立大學，並且曾經當過多年補習班的老師，但他厭倦了那樣的生活。「教導孩子競爭就是人生，與我自己的核心信念完全不符，讓我很痛苦。」有一天他終於受夠了那樣的扭曲，離開了教職。

「然後我就成了一個搬家工人。」他輕鬆地說。

「那麼你喜歡你現在的工作嗎？」我不禁好奇。

「非常喜歡啊！」他在電話那頭大笑，「這種純粹的勞動讓我的身心都很愉快。我很享受我的工作。」

我想，T是真正快樂的人，因為他過的是一種相信自我價值的人生。他不在意社會眼光，無所謂別人怎麼看他。他自己開心就是最重要的標準。

從此我常常想起T。有這麼一個人，知道自己要什麼，也知道自己不要什麼，他不管別人怎麼想，只聆聽自己內在的鼓聲。

高塔之夢

作了一個夢。

是我小時候常作的那種噩夢。我夢到自己站在一個高塔上，四野一無屏障，也沒有可以下去的梯子，如果想離開高塔，我只能縱身一躍。

夢中的我往下看去，地面看起來很冰冷，很遙遠，若要跳下去需要很大的勇氣，而且很可能粉身碎骨。

但我非離開這孤獨又寒冷的高塔不可，這是我唯一想做的事。然而我沒有縱身的勇氣，只感到巨大的恐懼，還有焦慮。

究竟該如何是好？陷入困境的我快要哭了。

忽然間，有個聲音在我耳邊輕輕地說，「何必這麼痛苦呢？醒來就好了啊！」

這個提醒有如醍醐灌頂，於是我就醒了。

恐懼與焦慮彷彿惡水瞬間退潮，當下，我立刻覺得好放鬆，好自由。

躺在床上，我想，這個夢象徵了禪宗的頓悟？還是基督教「信心的跨越」呢？

醒來就好了啊。

離開就好了啊。

放下就好了啊。

許多時候，說再多的道理好像都沒有什麼用，只有瞬間閃過的靈感才是真正被需要的那道光，然而這光總是可遇不可求。

好吧，是頓悟也好，是信心的跨越也罷，無論如何，這個早晨，醒來的我彷彿得到了某種美妙的解脫。

幸福的墮落

一早起來，明明已經醒了，但天氣濕濕冷冷，於是又心安理得地睡了回去，和溫暖的床褥繼續纏綿相依。

清晨的夢不同於深夜的夢，總是記不真切，做過就忘了。像人生裡許多美好短暫、稍縱即逝的片段。

再度醒來，煮一壺咖啡，聽David Darling的大提琴，看窗外細雨紛紛。堆積著許多待做的事，但全不在意。

真是墮落，可是我真是喜愛這種墮落的幸福。

蔥

一顆洋蔥發了芽，我給了它一個碟子，裝上一些清水。幾日之後，有了一株水耕植物。

看著看著，我忽然發現，這不是蔥嗎？是啊是啊，它本來就是洋蔥啊！好有趣！現在我有一株自己種出來的蔥了，該拿來煮湯好還是炒菜好呢？

小小的收成給我大大的快樂。這大概就是農婦的心情吧。

浮光掠影

藍色茉莉

就算破產了，她還是要坐頭等艙。

就算失去婚姻、地位、名譽、財富和其他一切，她還是堅持穿著香奈兒，帶著鉑金包，努力維持著上流貴婦的虛假形象。

一個落魄的女人，從雲端的生活跌落凡間，不願也不能正視眼前的現實，只是不斷地和過去對話。她總是自言自語，總是對陌生人無可遏止地說著自己過往優越又虛榮的生活。她活在過去，並開始編織注定破滅的謊言。她隨時都在崩潰的邊緣，最後終於迷失在一個只有她自己才知道的世界。

我在一個雨天的午夜場看這部電影。離開戲院的時候，雨絲紛飛，世界一片荒涼寂靜。

也許每個人的心裡都有一個藍色茉莉，無法放下過去，總是貪戀著那些虛幻的美好時光。即使內心最深處知道過去說不定也是假的，卻還是不願面對真實。我們為茱莉一步步走向執迷的終局而嘆息，但也許我們自己也會執著於某個人、某段回憶、某種價值觀，因而漸漸面臨內在的崩潰而不自知。

伍迪艾倫真是一個很會說故事的導演，再加上演技優到讓人忘記她在演戲的凱特布蘭琪，成就了一部令人低迴不已的電影。

地心引力

這部《地心引力》，我是在飛機上看的。

於三萬英尺的高空看一部有關於太空船失事的電影，滋味非凡。尤其是飛行途中頻頻發生亂流，好幾次的搖晃都嚴重到了我必須掩住自己的嘴巴以免尖叫出聲的程度，可是我也還是在心驚肉跳中看完了這部電影。

因為它真是好看。

飛機上的影片簡介是這麼形容的：「兩個太空人排除萬難回到地球的故事。」但我認為完全不是這麼一回事。

我想，其實這是一部包裝成宇宙科幻片的女性心靈成長電影。

片中絕大部分都是珊卓布拉克一人的獨角戲，她所置身的大宇宙與她內在的小宇宙是同一個宇宙，這是個充滿哀傷的宇宙，因為她失去了心愛的女兒，而太空

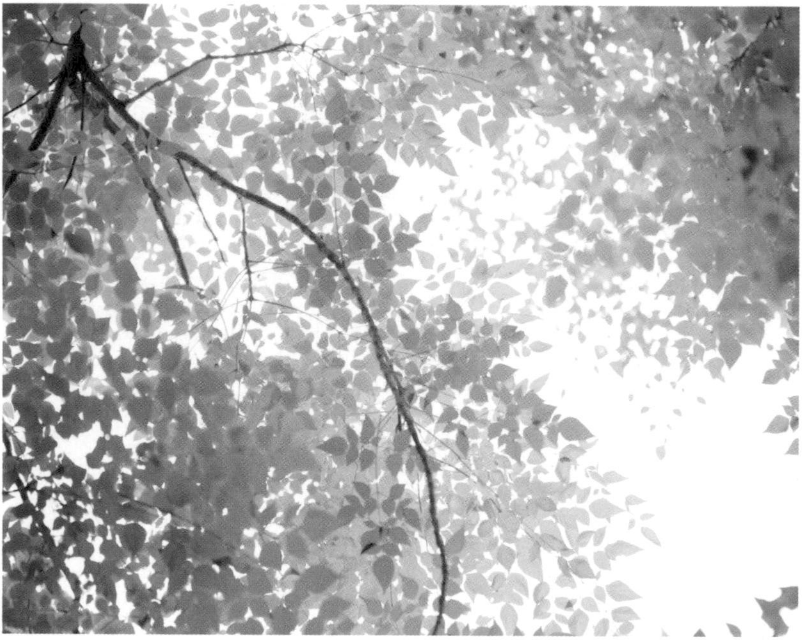

船的破損象徵了這個始終未能修補的傷痛。當所有的支柱一一倒塌，所有的人紛紛離去，她不得不面對一個人的孤獨與恐懼，那無邊無盡一如單獨漂流在廣邈宇宙裡的孤獨與恐懼。

而她也不能不依靠自己的力量終止這漫無目的的漂流，回到可以腳踏實地的地球。這個過程很艱難，卻是唯一的道路：身為一個太空人，她必須完成她的任務；身為一個女人，她也必須療癒自己內在的創傷。

喬治克隆尼這個角色很耐人尋味，與其說他是她的指揮官，不如說更像是她心靈的導師，或者說，更像是她內在的聲音，總是在關鍵時刻教她面對與放下。

艾方索柯朗因為《地心引力》得到二〇一四年奧斯卡的最佳導演獎真是太好了。我想我會再看一遍ＤＶＤ，這次我可以安心地坐在家裡的沙發上，感覺地心引力的美妙，不必再雙手交握地頻頻掩住自己的嘴巴了。

嫌疑犯X的獻身

又重看了一次《嫌疑犯X的獻身》，還是好感動。

一個寂寞的男人，默默愛著住在隔壁的女人，他對她沒有任何非分之想，只是每天去她的便當店買一個招牌便當，吃她做的菜；或是悄悄打開窗子，靜靜聽著隔壁她的笑語，自己的臉上也微微泛起笑意；後來甚至為了替她排除困難，而做出令人難以想像的犧牲。

他從未開口說過一句對她的情感，也從不求回報什麼。他以他的方式秘密守護著她，「只因為妳的存在，我就感到我的存在；只要妳覺得幸福，我就覺得幸福」。

雖然因為忠實詮釋東野圭吾筆下的數學天才石神哲哉，原本很帥的堤真一在這部電影裡落魄又潦倒，一點也不帥，但我還是覺得這個角色很耀眼，也許是因為對一個女人毫無算計的愛，讓一個男人充滿難以形容的光芒。

聶隱娘

《聶隱娘》像一顆鑽石，不同的人會從這部電影裡看見不同的切面。

朋友A說，這片子講的是「孤獨」。

朋友B說，這片子是在說「悲傷」。

是的，怎麼解釋都是對的，畢竟觀影者從影片當中看見的，往往是自我的投射。

而我說，這片子詮釋的是「自由」。

一個女人，在不斷地隱忍與成全之後，她離開又回來，終於決定違抗命運對她的設計，雲淡風輕做自己的那種自由。

星際效應

不同的星球有不同的時間，在這個次元總是難以理解另一個次元。

《星際效應》這部電影裡，女主角布蘭德為了尋找愛人，穿梭在不同時空的星球之間，也不知道此生還能不能與所愛相見，或是相見時，對方是否還與自己在一樣的時間。

但布蘭德始終堅持，她說，「愛是我們唯一能夠感知，超越了時空的次元。」

太平輪

不太平的年代，一艘名為太平的船，駛進茫茫的台灣海峽，承載了許多離散和重逢。

太平輪，東方的鐵達尼，沉下去的是一九四九大遷徙年代的歷史，浮上來的是說不盡的悲歡離合。

亂世浮生，離別是那樣容易，相聚卻是如此困難。而讓人們在戰亂的驚濤駭浪中撐下去的，就是心中那個不滅的影子，活下去是為了但願此生還能再見到想見的人。

就像導演吳宇森說的，他拍出了一部描述近代歷史動盪的電影，告訴人們，愛如何救贖並戰勝一切困難，幸與不幸皆非人力可以掌控，但信念與希望可以讓一切都苦盡甘來。

一日一生

今天早晨，忽然想起這部電影，《一日一生》。

一個因為冤獄而逃獄的通緝犯脅持了一個女人的孩子，進入了她的屋子，躲藏了三天。

女人的前夫早已為了另一個女人而離去，這幢沒有男主人的屋子因此處處呈現了破敗，通緝犯想為這個看起來憂傷又心碎的女人做一些事，於是主動把漏雨的屋頂修好，把不穩的樓梯釘好，把斑駁的牆面重新粉刷，這些都是女人和小孩力氣不及的粗活。他什麼也沒說，只是沉默地完成，於是不亮的燈亮了，不通的水管通了，暗淡的屋子再度煥然一新了。

在這樣修繕房子的過程裡，女人原本奄奄一息的心也再度活了起來。她愛上了這個背負著殺人罪的通緝犯，希望與他共度一生，情節從此展開。

雖然片名是《一日一生》，但電影中的時間其實是過了三日，或許一日若是一生，那麼這樣的三天也就是三生三世了吧。

愛往往不需要太多言語，發自內心地相互照顧就是最美的情感。再多的山盟海誓，有時也抵不上在你生病時，身邊的人默默遞來的那碗清粥。

愛總是藏在平凡與平常的生活細節裡。這是我後來終於明白的事。

這也是為什麼今天早晨，望著鬆脫的窗簾掛鉤，我會忽然想起這部電影。

收到一封勒索信之後

事後回想起來，我真的不知道那是怎麼發生的，因為當時就是個平常的狀態，事前完全沒有任何徵兆。總之，我像平日一樣在編輯台上處理讀者投稿，寄上制式退稿或留用信函時，所有的Word檔忽然都打不開了，卻出現標題奇怪的英文信，打開一看，上面寫著：「哈哈驚訝吧？你所有的檔案都已被我們加密綁架中！如果你還想看見它們活著，唯一的方法就是付贖金給我們，否則……嘿嘿嘿……」也許信中真正的用詞不是這樣，但我的感覺就是這樣。

不知所措的我打社內分機給電腦研發組，那感覺也像在對警方報案，不久之後，整個報社一片風聲鶴唳，網路緊急關閉，警方（研發組）一一檢查各部門狀況，因為只要有一部電腦中毒，所有的電腦可能跟著遭殃，後果將不堪設想。研發組的同事告訴我，這是昨天才發布的新病毒，還來不及研發出解毒程式，今天就發生不測，它跟著E-mail鬼祟而來，而我每天要收幾百封讀者投稿，防不勝防。「反正妳的電腦就是被綁架了。」他攤攤手，表示束手無策。

就這樣，我的電腦被當成重要證物扣留給研發組，沒事可做的我被迫提早下班，悽悽惶惶，一時之間竟不知何去何從。可惡的綁匪！我的工作資料全在那部電腦裡啊，如果那些檔案救不回來，不但報紙要開天窗，我所有累積的工作紀錄也將付諸東流。

結果我絕大部份的檔案真的就這樣毀了，那就像被盜匪洗劫過，被蝗蟲掃過，被烈火燒過，被洪水沖過，我生命的一部份就這麼去了，再也回不來了。報社又給了我一部新的電腦，我已和過去分道揚鑣。

我帶著新的電腦展開接下來的工作與生活，心裡和它的儲存空間一樣有著大片空白，許多有待累積，許多必須重新建立，我左支右絀，我失魂落魄，我常常因為一個被綁架滅口的檔案所帶來一連串的障礙而手足無措。

但竟然也慢慢適應過來了，當初以為失去那些檔案之後工作就會無以為繼的狀況並沒有發生。雖然過程緩慢而艱難，然而總會漸漸建立新的秩序。

所以什麼都是可能消失的，可是也沒有什麼是失去了就活不下去的。人生無常，意外隨時都會以你想不到的方式瞬間來到，但也只有在事情發生之後，你才會知道原來自己有那樣的韌性與彈性足以自我支撐。驀然回首，也才會明白新的秩序早已掩蓋舊的路徑，而我們總是可以找到方式走下去。

老是喜歡在事情裡尋找意義的我，得到了這個結論。
然而也許是我把事情弄複雜了，其實這件事也不過就是再度提醒自己：網路駭客多，別忘了備份，如此而已。

心是天空，生命是土地

花

彼岸花，又名曼珠沙華，傳說開在進入冥界之前的忘川河畔，代表對人世留戀的最後一瞥。

我一直以為這是一種虛擬之花，但有朋友告訴我，在太魯閣布洛灣開滿了鮮紅的彼岸花。

原來這世界上還真有曼珠沙華這種花啊！為了一探花顏，於是好奇的我專程到了布洛灣，卻只看見杜鵑和百合，沒見到傳說中的花。

回來之後上網一查，彼岸花就是紅花石蒜，日本花語為「悲傷的回憶」，朝鮮花語為「相互的思念」。開花時只見花不見葉，花與葉生生世世不相見，所以也被稱為孤獨之花。花期夏末秋初。觀花之地可見雲南大理、日本日高、台灣太魯閣等地。

啊，原來是夏天最後的花。我在春天尋花，難怪無花。那麼，就夏末秋初時再去訪花吧。

樹

我愛花，更愛樹。我很高興我的名字裡有樹。

走在路上，我常常以路樹做為認路的標記。而每當我走在樹林裡，那樣由衷的喜悅、自在與放鬆，就像回到自己家中。

我喜歡站在樹下，仰頭凝望枝葉交錯的天空，那因風流動的光影總是令我深深著迷。不知為什麼，只是看著有光的枝葉，就會讓我的心充滿感動，覺得這個世界如此美好，值得寬恕一切並感謝一切，然後好好活下去。

我也一直覺得，樹是比人類更進化的存在。

樹的木材打造人類的家。樹的花葉可以做菜或入藥。樹的根部涵養土地。樹的呼吸調節大氣。走在樹林裡，清涼的芬多精讓人愉悅寧靜。

每一棵樹都有獨特的姿態。每一棵樹的枝枒都伸向天空。每一棵樹都像高僧一樣，處於與世無爭的冥想狀態。

對於這個世界，樹從來只有無私的奉獻，不曾有過任何破壞。

聽說樹與樹之間可以用意念交談，而你心裡想的，樹也都知道。樹是高於人類的生靈。

對我來說，最具體的幸福就是擁有一棵屬於自己的樹，我常常想著要搬一張床到我的樹下，在清風與鳥語之中睡去，作一個長長的夢。

那麼，當有一天我離開了這個世界，我的樹下就是我永恆的歸處。

神秘的開啟

有一片樹木茂盛之地，成為我記憶之中的懸念。進入它之前要先通過一條長長的、被深林掩蔽的青綠小徑。無人的小徑兩旁開著野花，還有一條若隱若現的小河，走到盡頭，視野乍然開展為一座湖。這裡好寧靜，也許在我之前從未有任何人來過，也許我是第一個發現這座湖的人。我沿著湖畔慢慢往前走，覺得自己進入了一個美麗的夢境。

那是偶然發現的地方，是在一次迷路中誤闖的秘境。離開的時候，為了下次還能再找到來時路，我特地用心記下了路徑，像格林童話裡糖果屋的孩子沿路撒下麵包屑一樣，我也在幾個轉角處插下幾根做記號的小樹枝。然而一個星期之後，當我想再循著原路回去，卻怎麼也找不到小徑入口。糖果屋的孩子沿路撒下的麵包屑被鳥兒啄了，我的小樹枝也隱蔽在整片深林之中，成為解不開的謎。

於是那個迷路的下午從此成為一個偶然的開啟，為我揭示了某種美好與安寧，過了那天之後，某個驚喜的開口就在我的身後悄悄關閉，我再也找不到前往的路徑。

這與我的靜坐經驗有相似之處。當靜坐到某一種深度，內在某個神秘的小門就悄悄打開，心裡有喜悅如花綻放，一層一層地往外展開無盡的芬芳的花瓣，我像是坐在宇宙的核心，一切都通透，一切都了然，過去和未來在此刻一起消融，只有當下這非凡的存在。

然而也就只有過那麼一回，後來的靜坐就只是靜靜坐著，什麼也沒發生，我再也找不到進入那種內在經驗的入口。

某個瞬間，像是一個神秘的開啟，讓人瞥見天堂的光芒。那個瞬間可遇不可求，無法尋找，甚至無法期待，只能讓它自己發生，像是追逐一隻美麗的蝴蝶，卻在毫無預期之下進入一座秘密花園；或是抬頭仰望欲雨的天空，卻驚鴻一瞥天邊稍縱即逝的閃電。

但所有的經驗本來就是獨一無二的，若是有一天，我又在偶然之中進入了那個一度消失的秘境，感覺不會是上一次的感覺，經驗也不會是上一次的經驗，一切看起來可能與記憶中一樣，然而一切也都再也不一樣，那些樹木的年輪將多了幾圈，那些野花也經歷了不知幾度開落，一定有什麼悄悄消失了，也一定有什麼默默滋長了。而我不也如此？看起來還是同一個人，其實已是另一個人，我所經驗的一切，讓我在無形中得到了一些什麼，卻也失去了一些什麼。

就像那句印度諺語：「你無法踏入同樣的河流兩次。」萬事萬物時時刻刻都在流動，個人生命如此，看似堅實的土地又何嘗不是？

然而那偶然的開啟畢竟是曾經發生過了，它像是一個揭示，讓我確實知道世界上有那樣一個地方，心靈可以達到那樣一種狀態。那樣的開啟也像是一個祝福，鼓舞著我往前走，無論是外在的人生或內在的旅程，都需要接受與放下，都值得繼續探索。

心是天空，生命是土地。天空沒有邊緣，卻以它的空無涵蓋了一切，心也不該有任何設限；而土地像是永恆的召喚，如果還沒見到某種風景，只是因為走得不夠遠。

我始終相信，這個世界正是內心宇宙的呈現，只要願意把心打開，接受一切發生，生命也就有了無限的可能。

所以我會這麼想：如果我的心像天空一樣自由，包容一切卻什麼都不執著，我就可以進入心靈的秘境，走向更深的內在旅程。如果我的心夠安靜，我就能在無人的樹林裡聽見花開的聲音。

母親

我的母親是一個溫柔的傳統女性，她永遠把丈夫與孩子放在比她更重要的位子。為了老家在湖南、餐餐無辣不歡的父親，完全不能吃辣的她學會了道地的湖南菜。小時候家住眷村，是那種日式老房子，廚房裡沒有抽油煙機，每到做飯時，雖然已經把全部的門窗都打開，炒菜時的爆辣還是嗆得她頻頻咳嗽又流淚，以致於她的呼吸系統受到永久的損害，後來怎麼也治不好了。

而現在，為了工作忙碌、不會做飯又不肯好好吃飯的女兒，她也想盡心思變出花樣做出我愛吃的飯菜。每天在我上班之後，她就把晚餐裝在保溫箱裡端過來，讓我在午夜下班時可以享用熱騰騰的飯菜。也幸好母親就住在同一個社區，省去路途的辛苦。我知道照顧女兒讓她開心，所以就算不餓，也會把她做的飯菜好好的吃完。

今年的母親節，我送給母親的是一張五星級飯店的ＳＰＡ會員證，但她說好貴，心疼我花那麼多錢，所以她去一次就好，然後她頻頻勸我有空就去做ＳＰＡ好好放鬆，別累壞了自己。我想不管到了多大的年紀，在母親的心中，我永遠都是個需要照顧的孩子；也因為母親的愛，我永遠都是個幸福的女兒。

父親

以前從不敢想，有一天我會成為失去父親的女兒。

這段日子，一直有一種不真實感，彷彿爸爸還在。

多年前送走母親的好友K說，是真的還在啊，他們只是換了一種方式與我們相處。

他說他的母親偶爾會從「那邊」發簡訊給他，或許是一通無聲的電話，或許是一個清晰的夢境。有一次，他的房間裡還飄下一根純白的羽毛。

爸爸走後十多天了，我一直在等待簡訊出現，但什麼也沒有。另一個朋友說，這樣才好啊，表示爸爸沒有牽掛，得以好好地往西方極樂世界去。

希望是這樣。但願爸爸不要放不下我們，才能安心地展開他的下一場旅程。

但女兒我還有千言萬語想對爸爸說，所以我願意相信，現在我與爸爸的溝通是無礙了。我若想對爸爸說什麼，心念到了，他就會接收到了。若他想對我說什麼，也許是一片飄過的落葉，也許是一陣清涼的微風，所給我的感悟，就是爸爸無聲的回應。

爸爸一直是個瀟灑豁達的人，十六歲就離開湖南老家的他，少時遇到戰亂、離散，晚年又遇到車禍、病苦，但他始終樂觀善良，口袋裡有多少就幫助別人多少。他一生為朋友盡心盡力，臨終卻交代我們，家人送別就好。

爸爸年輕時是個美男子，即使到了生命的末期，他依然是個好看的老人。前些日子，在整理爸爸的遺物時，妹妹找到了爸爸年輕時的照片。我相信此刻在天上的爸爸就和照片裡的他一樣，又回到了年少清俊的模樣。

現在的自己

一個朋友約我看戲。散場之後，我們一起去喝長島冰茶，然後為了把酒醒一醒，沿著深夜的街道慢慢散步。

無人的台北街頭有一種繁華落盡的靜謐氣氛，很適合我們中年微涼的心境。我和朋友認識的時候還很年輕，年輕到人生簡直不算真正開始，後來各自經歷了命運的曲折起伏，有過各種悲歡離合，足夠各寫一部可歌可泣的長篇小說。如今，那些曾經讓我們以為過不去的傷心事終成往昔，再回首時已經皆付笑談中了。

朋友問我，如果時光可以倒流，還願意回到年輕的自己嗎？我說，不，好不容易才走到現在呢，回去做什麼？把走過的路再走一遍嗎？豈不前功盡棄。

年輕的自己擁有大把的光陰和無限的可能，卻也擁有太多的不安與不定，說得好聽是青春飛揚，但同等的意思就是心緒浮躁。那時太容易喜歡別人，也太容易對人失望，太容易相信別人，也太容易因人受傷。那時還不懂得如何與自己好好相

處，常常要拿枝微末節來和自己過不去。那時與人相處也總是驚惶而敏感，擔心犯錯，也果然犯了許多錯，並且付出了不少代價。

現在的自己依然會犯錯，但有了年紀的優勢就是知道怎麼與自己和解，就算還是會低落，也知道如何從另一個角度解讀得失。比起從前，現在有待面對與解決的難題更多，但看待世情不再非黑即白，已經懂得如何去欣賞人性中的砂礫與人生中的灰色地帶。

我並不懷念年輕的自己，但我接受所有走過的道路，不管那其中有多少錯誤和傷痛，因為是它們成就了現在的自己。那些錯不像臉書上的貼文，寫壞了可以刪除或隱藏，它們是切切實實地發生了，也造成了必然的損傷，但人生本來就不完美，而現在有彈性接受這樣的不完美，知道那就是真實的人生。只要有這樣一個小小的體悟，所有的坎坷就值得了。

生命像一列火車轟隆隆駛過，揚起煙塵，再漸漸沉寂下落，曾經渴望的都得到了，其中有些已失去，另一些也不再那麼重要，所有的狂喜與狂悲宛如一場夢境，過了也醒了。現在的自己不再年輕，卻總算有了一張心平氣和、在任何狀況下都可以微笑的臉。

「所以，比起年輕時的我，我更喜歡現在的自己。」我說。

朋友笑了。「我也是。」他說。

當不再等待別人也不再期待永遠，才終於有了從容與淡定，有了千金難買的自在。我和朋友都同意，那是比起青春美貌更好的東西。

Part 2

Facebook

臉書讓原本沒有交集的人們相聚，
像是一片雲相會另一片雲，或是一片浮萍遇見另一片浮萍。
在雲端的世界裡，人與人之間似近似遠，
可能相忘於江湖，也可能成為心頭的懸念。

見面

以前想念一個朋友，我們給他打電話，現在想念一個朋友，我們追蹤他的臉書。但還是有些朋友選擇在雲端之外，過著與臉書絕緣的生活，例如Jonson。

Jonson一週有三天在花蓮教書，而我在報社的工作最早也要十點才能下班，兩人的時間要能湊得上並不容易，儘管如此，我們還是每隔一陣子就相約見面，在深夜的小酒館或居酒屋裡，搭配蟹肉煎餅或干貝串燒，以彼此的近況做為下酒的材料，也只有這樣我才能了解他最新的動態，畢竟他不用臉書。

在臉書統治全世界的今天，能安然做臉書王國的化外之民，頗有一種獨釣寒江雪的孤冷，也像堅持自己用捲紙捲菸草一樣，幾乎可說是一種個人風格了吧。

我自己加入臉書的時間也算晚的，若不是因為喜歡大衛芬奇的《社群網戰》，所以才心生好奇，想研究看看臉書究竟是怎麼回事，說不定現在也沒有臉書帳號。因為我總覺得，臉書這種最初只是幾個大學男生在男生宿舍裡惡搞出來的發明，彷彿有著某種一不小心就可能失控的危險。臉書是一張效益弘大的公眾布告欄，傳遞與交換訊息的速度既快又廣，卻也因此而容易招惹是非，更容易失去個人隱私，所以與它維持安全距離是必要的，私事不能說，心事也不能說，說了十之八九要後悔。

不能告訴臉書的私事與心事，只能告訴值得信賴的朋友了。

但縱使有三千個臉書朋友，真能聽你傾吐心中塊壘的又有幾人呢？

真正的感情，還是得在真實的生活中才能感受。就算與某個朋友在臉書上互動得再熱絡，中間還是隔著終端機的海洋，感覺其實並不那麼精準。畢竟如果沒有近距離地感受到他的氣息、碰觸到他的肢體、看得到他的表情，又怎能聽得到他心裡真正的聲音？

所以，當我因想念某個朋友而去看他的臉書動態時，總不禁要思索，這些輕描淡寫的文字背後還有哪些隱藏的訊息？他快樂嗎？最近好嗎？如果可以的話，還是約出來見見吧。

就像紙本書很難被電子書取代一樣，見面這件事，還是很重要的，情感這種東西，也終究不是在電腦、手機或iPad的兩端想像出來的。人與人之間的氣味、溫度與擁抱，face to face的表情、眼神與微笑，再先進的3C產品也無法製造。見面的當下，那外在的環境與內在的心境所交織而成的感覺與氣氛，後來都會成為偶爾

掠過心頭的回憶，那樣進入心裡的畫面，永遠無法被任何電子產品所取代。

收集三千個臉書帳號，不如有一個可以一起談心的朋友。所以，哪天約他見見面，一起去散散步吧。

首頁

百無聊賴的時候，他偶爾會打開臉書，看看首頁裡別人的動態。真的是別人，畢竟一百個臉書朋友裡，九十個都是現實世界裡的陌生人。

可是只要點擊一下滑鼠，他就輕易進入了陌生人的世界，知道他們去了哪裡，吃了哪些東西，有怎樣的悲歡喜樂；也知道他們進出哪個網站，推薦哪首歌，玩了哪種線上遊戲。

看著看著，心裡漸漸荒蕪起來。怪了，他為什麼要知道這些呢？他和這些人可能一輩子也不會見到面啊。

當然有時也會得到一些有用的資訊、被某句話觸動，或是因為一張有趣的照片而開懷大笑，不過那種時刻很稀有，而且總是瞬間就過去了，並不深刻。

浮標不斷往下拉，像拉開一幅卷軸，這是臉書的清明上河圖，眾生百態一一流過眼前。可是又如何？別人的生活細節，和自己有什麼相干呢？

這也使他對於自己究竟能提供給這個公眾平台什麼而百般猶疑，自己的生活細節和別人又有什麼相干？需要這樣公諸於世嗎？

所以，他只是在無聊的時刻，無情無緒地看著首頁裡那些別人的動態，像看著遊樂園裡的旋轉木馬，那些歡聲笑語，那些起起落落，是他進不去也不想進去的異次元。

加為好友

你收到某人發出的「朋友邀請」通知。這讓你有一點小小的虛榮。那就好像在舞會裡，有人對你伸出手，而你考慮著是否該接受邀請，和他一起跳這支舞。

為了表示這是一個慎重的決定，你先去看了一下他的資料，並且很快地得到一個印象，是個走過不少地方、有相當審美趣味、喜愛閱讀與攝影，也可以安靜獨處，個性含蓄內斂的人哪。

於是你按下「確認」，讓他進入你的朋友名單，也進入你的臉書世界。

總之，現在你多了一個好像可以談得來的朋友。你在他的塗鴉牆上瀏覽了一番，然後就回到自己的頁面上去了。

很久以後，你因為無聊的緣故而檢視朋友名單，忽然發現這位臉書朋友從來沒有來按過讚，也沒有回應過你的貼文。就像許多其他對你發出交友通知的人，後來就沒有下文了。

於是你不禁感嘆，要和一個人成為朋友是多麼容易，只要在臉書上加入彼此就可以了，但雙方靠得最近的時刻，或許就是一人發出邀請而另一人按下確認的那個時間。

是的，你們是朋友了，從此卻沒有任何互動。就像茫茫大海中的兩只瓶子，各自漂浮，未曾交會過。

讚

關於讚，像是仙女的魔棒，被點過之後，就很難脫身。

一開始玩臉書，你每每ＰＯ了文，貼了圖，都催眠似地告訴自己，這是分享，有沒有回應都不要緊。但如果真是這樣，寫在日記裡就行了，何必放在臉書上呢？你無法否認，臉書的本質就像是個人舞台，而每一次進場都有如小小的個人秀，「讚」的設計則類似什麼達人秀的計分板一樣，數字愈堆愈高愈讓人有成就感；如果按讚的人零零落落，就難免若有所失。

相對的，你也像別人的臉書評審一樣，給讚或不給讚，總在一個瞬間的判斷。這是一個禮尚往來的儀式。別人給你一個讚，代表一個關注的眼神；你給別人一個讚，表示一個拍肩的肯定。輕輕一個讚，裡面有「我看見你了」的千言萬語。

你的心情曾經如此為了每一次讚的高低而上下，但後來你發現，關於讚，恐怕和讚不讚根本無關。

那是某一回，你在一位文字創作者的臉書上讀到他嘔心瀝血的作品，但底下

的讚寥寥無幾，卻在隨後不小心進入某個二線女星的頁面時驚詫地發現，隨便一則「出門洗頭囉，掰～」之類的無聊貼文，竟然也有一萬多個讚來熱烈響應，更離譜的是還有上千人轉貼分享！

當下你目瞪口呆，這是什麼狀況？太荒謬了啊……

從此你就解除了讚的魔咒，不再追求那個虛幻的數字。你從讚的制約裡開悟得道，讚多讚少，一切隨緣。

你可能認識的人

臉書有時相當多管閒事，例如這個功能，「你可能認識的人」，它會如此熱心地幫你找出一堆也許與你有關聯的人，提醒你快快加他們為友。

是的，你是可能認識他們，但這些人往往是你的仇人，討厭的人，或是分手分得很慘烈的前戀人。總之，是一些已經被你拋到腦後，從此不想再看到的人。

然而每當你打開臉書，那些人的小照就避不及防地與你的視線相撞，因為白目的臉書總是把他們陳列在一旁，讓你不想看見都不行，於是許多不愉快的往事翻江倒海而來，瞬間破壞你的愉快和平靜。

就像眼前這個「你可能認識的人」，就是那個從前扯過你後腿、如今早就老死不相往來的人，你原本幾乎已經忘了世界上還有這麼一個人，卻因為臉書而提醒了他的存在，讓你看到他那張臉就渾身不自在。

當你意識到你的小照同樣也會出現在他的臉書上，成為他的「你可能認識的人」，你就更不舒服了。臉書總是把一切都串在一起，牽牽扯扯。

怎麼辦呢？也許只能封鎖了他吧，一旦封鎖，你的臉書就不會再出現任何與他有關的訊息，同樣的，他的臉書也將看不見你。

但你想歸想，卻遲疑著沒有動手，因為你太厭惡這個人了，甚至不願進入他的臉書頁面去執行封鎖程式。而且，縱使不再是朋友，你還是想維持基本禮貌，封鎖別人是一件很過分的事，那就像狠狠甩對方一巴掌一樣，就算你和他以前有過節，也不需要這麼無禮。

一段時日之後的某天，你忽然想起，咦，那個人好像已經很久沒再進入「你可能認識的人」，是臉書取消了這個多管閒事的功能了嗎？

喔，不，然後你又忽然恍然大悟，其實是因為對方封鎖了你，所以他的訊息才在你的臉書頁面上銷聲匿跡。想來他每次看到你的名字，也是很刺心。

被封鎖了啊……當下你感到難堪不已，就像又一次被他扯了後腿。唉，總是太善良，學不會先下手為強，在難堪之中，你還有輕微的自責，早知道就先封鎖他……喔，不不，不應該有不快的感覺，他根本不值得在乎啊……你的心思千迴百轉，為了這個你以為早就拋到腦後的人而怏怏不樂。

於是，拜臉書之賜，你和這位「你可能認識的人」，再度添了一筆新仇，累積了更多舊恨。

遊戲

她加入臉書的時候，開心農場已經接近關閉，所以她逃過了那個偷菜的世界，但還是因為一時誤入歧途，不慎跌入炸糖果的煙硝地獄。

其實一開始只是納悶，那到底有什麼好玩？為什麼這麼多人都淪陷其中？她認為自己絕對不是會對無聊的電腦遊戲上癮的人，會去開啟那個頁面純粹就是好奇。對，她是懷抱著研究的精神要來了解狀況，和其他那些沉迷者不一樣。她自信滿滿，肯定自己隨時都能抽身而退。

但這個遊戲根本是裹著糖衣的毒藥，一旦接觸，很快地她就染上毒癮而不能自拔了。

那五顏六色的繽紛糖果，搭配輕快的音樂，組合成一種樂園氣氛；而糖果炸開時的璀璨，盛放如煙火，消逝如流星，過關時還有快樂的魚群游過，讓她覺得好歡樂，好療癒噢！

但她花太多時間在這個遊戲上了，而她明明有一百件事待做。於是療癒感混雜了愈來愈強烈的焦慮感，她沒吸過毒，可她猜這大概就是吸毒的矛盾。

想是這麼想，她的手還是不由自主地一遍遍按下ＰＬＡＹ的鍵，不斷死去又不斷重來。而她幾乎要感謝死到一定的程度就必須暫停，直到那個奄奄一息的愛心再度充飽生命，她才能再度進入下一局，這被迫的暫停使她得以喘口氣去處理那些她早就該處理的事情。

後來她學會了去更改設定的時間，騙過了遊戲系統，使得愛心生命可以不斷重生之後，她玩這個遊戲的時間就無上限了。她不斷地借用未來的時間，來消磨現在的時間，不斷地用虛幻的療癒感，來壓下愈來愈壓不住的不安。

她荒廢了日常，所得的獎賞就是破關進入下一局的資格。然而那是個無底洞，鼓勵她無止境地跌下去。每天她都考慮砍掉這個遊戲，但每天她都還是打開它的頁面。

這天夜裡，她作了一個夢，夢到自己在一個戰場上，四面八方此起彼落都是轟炸開來的巨大的糖果炸彈，她驚慌失措地左閃右躲，無處可去。夢裡的她還好奇地在想，如果就這樣被炸死了，會不會像遊戲破關時那樣，會有個外國大叔的低音旁白愉快地響起：Suger crush！

她流著冷汗醒來，若有所悟，當她在消去那些糖果的存在時，那些糖果也在消去她的時間，消去她一分一秒累積起來的生命！她因此懺悔、自責，然後因為要排除那種沮喪，她又習慣性地握住滑鼠，點開了Candy crush的遊戲頁面。

友誼紀錄網頁

打開與她的友誼紀錄網頁，有這樣的紀錄：兩人自二〇一一年九月開始是Facebook朋友。都住在Taipei Taiwan。共同的朋友有四十二位。共同說讚的內容有五個。

臉書上沒有記錄的是，兩人在同一家公司的不同部門任職，常常在走廊上擦肩而過相互微笑致意卻彼此不發一語。有幾次在電梯裡碰見她，她臉上的表情像是在鼓勵他對她說話，但他就像忽然得了失語症一樣，怎樣就是發不出一聲來。還有一次他在公司的會議室裡撿到她的手機，掙扎半天還是交由公司櫃檯去還給她，平白讓大好機會錯過。

事後他懊悔了好幾天，恨不得重重揮自己一拳。不過已經來不及了。

來不及了。當本來單身的她開始在臉書陸續放上與某位陽光型男出遊的照片時，他慌了，可是一點也不知道該怎麼辦？當她把情感狀態從單身改成與某某人穩定交往中時，他知道大勢已去，可是又能怪誰？

怪自己的提不起勇氣吧。從前即使在臉書上，他也不敢去回應她的貼文，就像在走廊上相遇卻始終默默無語一樣。現在臉書懲罰他的懦弱，讓他眼睜睜看著她公布她的戀愛過程。

眼前這份友誼紀錄網頁成為一個諷刺，畢竟他與她的友誼其實從未開始。

他關上了與她的友誼紀錄網頁，關上臉書，關上電腦，但他關不上心中的遺憾，也關不上未了的悔恨。

感情狀態

單身。穩定交往中。已訂婚。已婚。一言難盡。開放式情侶關係。喪偶。已分居。離婚。

她打開自己臉書資料欄裡的「感情狀態」，瀏覽那些選項，卻遲遲無法決定該選哪一個。

她有情人，不算單身；可是她的情人另有別人，所以與他也不是穩定交往中；那麼開放式情侶關係呢？不，她只有這個情人，就算他對她從來不是一心一意，她對他依然忠誠。她不曾訂過婚，所以也不可能已婚、喪偶、分居、離婚。

看來看去只有「一言難盡」了，可是她又不願讓這輕描淡寫的一句話涵蓋自己千迴百轉的感情狀態。

她知道自己所有女性主義的論述都白讀了，一旦撞上非理性的愛情就成為弱智的傻瓜。那個男人明明給她的是情感的殘羹剩飯，她卻還是固執地把那些傷胃的東西當成美味的滋養。常常她冷眼看著自己在這樁感情裡的盲目愚蠢，真恨不得猛

搖自己的肩膀厲聲喝斥：「妳這個笨蛋！拜託妳醒一醒！」而現在就算她不願醒來恐怕也由不得她了。最近他對她愈來愈冷淡，她知道他在舊的別人之外又有了新的別人。

最後她終於選了「穩定交往中」，同時選了「只限本人」。不，她並不打算讓任何人看見她的情感狀態。

是的，她一直與寂寞穩定交往中，除了她自己，沒有人知道。

摯友

他們沒見過面，但她是他的摯友——在臉書上。

要對方成為自己的摯友很簡單，只要點開「朋友」那個選項，然後選擇「摯友」就行了。單方面即可完成，不用經過對方同意，甚至不必讓對方知道。

當她成為他的摯友，她所有行蹤就都一一現形在他的眼前，包括她發出哪些訊息、她去誰家按讚、她到哪裡打卡、她和某某對話……他像個跟蹤狂一樣追尋著她一路的足跡，這滿足了他心底某些幽微的窺視癖。彷彿這樣跟隨著她，與她就有了某種程度的親密。

其實他根本不認識她，會將她列為摯友，理由膚淺得令他都不想承認，只是因為她的長相是他喜歡的樣子，如此而已。追蹤她，就像青春期看到漂亮女生即忍不住要跟在人家背後走一段路一樣；他已經很久沒有這樣的熱情，生活的壓力與工作的忙碌讓他疲憊，但只要打開臉書，他就可以坐在桌前不移動地追蹤，適合每一個寂寞的夜晚。

她的動態，他從不按讚，也不留言，他以一種隱身的狀態，秘密觀察，無聲窺探。他按兵不動，不想打草驚蛇，但也許有一天，他會發一封私訊給她，試探一下搭訕的可能。

雖然到目前為止，臉書朋友人數破千的她可能根本不知道世界上有他這個人的存在，但，她是他的摯友，她的一舉一動，他都盡收眼底，一一掌握。

收件匣訊息

幕後的故事總是比台前精采，收件匣訊息之於臉書，也是如此。

如果塗鴉牆是演出的舞台，收件匣就是布幕之後；放在塗鴉牆的訊息都是可以公諸於世的，收件匣裡的訊息則屬私密，Just between you and me。

但真正的故事往往都在幕後進行：可能兩個老朋友正在相認，可能一對舊情人正在重逢，也可能一個女人正在考慮是否要接受一個男人見面的邀請……臉書串聯起許多過去與未來的緣分，而這些收件匣裡的訊息往返，都不是會放在台前讓別人看見的。

一個朋友有一天在臉書上收到學生時代男友傳來的問候，十多年沒見的兩人開始了收件匣中的魚雁往返，半年後，我的朋友拋下台灣的一切，飛往美國與舊情人重續前緣，只留下一紙離婚協議書。被她拋棄的那個男人痛苦又不解：「怎麼會這樣？她先前並沒有任何異狀啊……」幕後默默進行的情節，往往是幕前渾然不覺的。臉書雖然串起未竟之緣，同時也造成一些傷心與遺憾。

所以，小心打開你的收件匣，因為很可能你就打開了一個潘朵拉的盒子，或者打開了通往另一個世界的入口，從此很難回頭。那個世界或許冰天雪地或許落英繽紛，無論如何也都是布幕之後的故事了。

社團

她從沒想過有一天，自己的社交生活會如此多采多姿。對於像她這樣一個幾乎足不出戶的宅女來說，這簡直是不可能的。

但臉書讓不可能變成了可能。因為她參加了許多社團，不，更正確的說法是，在未被知會的狀況下，她被加入了許多社團。

「閃光情人去死團」、「再窮也要旅行社」、「薰衣草之家」、「一起來作夢」……她總是在不知情之中，被不認識的人加入不知道在幹嘛的社團；還有一些旨意清楚，可是同樣莫名其妙的，例如「手作來作會」、「熱愛騷莎」……嗳嗳，她對手作又沒興趣，也根本不會跳騷莎舞啊。數了數，在臉書「社團」這個項目下，她一共參加了十七個組織。這使她的網路社交生活精采不已，像是另一個星球的熱鬧，也使她簡直不認識自己了。

然而她是這些社團的幽靈人口，從未參與貼文或討論，興致好的時候會瞧瞧別人在做什麼，興致不好的時候就按一個鍵從此退出。畢竟那是另一個星球的熱鬧，從來都與她無關。

這天她突發奇想，不如也來成立屬於自己的會社吧。於是她進入了「成立社團」那個選項，一口氣成立了「一人晚餐會」、「喃喃自語社」、「愛上孤獨之家」，被她拉進來的會員都是她不認識的臉書朋友，而她已開始期待，或許真的會有人來一起聊聊。

近況更新

臉書又有新花樣了，在「近況更新」那欄，也不知從哪天起，忽然開始了一連串喃喃的問候：

「Angela，近來可好？」

「Angela，你好嗎？」

「發生了什麼事，Angela？」

她看了都快笑壞了。這是在幹什麼？臉書一定要搞得如此擬人化嗎？如此殷殷催促，就是要人快點近況更新。

而她已經至少一個月沒有更新自己的近況了。真的沒什麼好說的啊，或者是想說的太多了，卻都不是能放上臉書告訴別人的。

工作不順，情感撞牆，心煩意亂得有時真想跳樓，這樣的近況何必公諸於世？她只想快快讓種種低潮過去，根本不想對任何人提起。而且那些鳥事，她也不覺得有人會感興趣。

她知道自己太驕傲了，從不願對任何人示弱。所以沒有人看見她心裡的烏雲密布，身邊的人都以為她很好。

只有她自己知道，太多事都堆積在心裡，沒有發洩的出口，也難怪會生病了。

此刻，她來到廚房，想燒點熱水給自己沖一壺茶，卻失手打破了茶壺。她望著滿地碎屑，嘆了口氣，也懶得收拾，只是逕自走回電腦前坐下，開始咑咑咑地對著「近況更新」的空白欄傾訴：「臉書，謝謝你的問候，坦白說我近來真的不太好……」

封鎖

封鎖，代表禁止通行，從此橋歸橋路歸路，我不想再看到你，你也別再來煩我。現實裡要和一個人斷絕關係，不只要下定決心，必要時也許還要搬家換電話，但誰知哪天可能還會不小心狹路相逢；臉書上的封鎖就容易多了，只要進入隱私設定，把對方的名字鎖住就可以。

封鎖像是把妖魔關進一個瓶子裡，眼不見為淨，不許它再出來作亂。也像是冰凍一株植物，不給它再繼續生長的機會，不讓它的枝葉根鬚再張牙舞爪。

封鎖比刪除更狠。刪除之後，只要有心，雙方還是能在網路上找到彼此的臉書頁面，但一旦封鎖，對方再怎麼搜尋你也是惘然，那是單方面的徹底斷絕。但一個封鎖的動作很簡單，心裡的千迴百轉卻是千萬難。

失戀以後，她把臉書上的情感狀態改成單身，把所有與前男友的照片全部刪除，再把他的留言紀錄一一去掉，然後將他封鎖。

但她封鎖不了內心的失落，也封鎖不了陰魂不散的記憶。流水般的思緒、汪洋般的情感要如何封鎖？

如果人生也像臉書這樣簡單乾脆就好了，如果愛恨也可以封鎖就好了。她流著淚想。此刻，封鎖不了的還有她的眼淚。

檢視角度

當初對他送出「加為朋友」的邀請通知時，她曾經猶豫再三、心跳不止，而當他接受她的邀請，她的狂喜就像中了頭彩。

他是她現實裡的朋友，但不熟。雖然她很渴望與他靠近，可是在他面前，她總是因為故作鎮定而面無表情；儘管臉部線條如此僵硬，使她懷疑自己是否顏面神經失調，她卻還擔心也許不小心就洩露了滿腔情意。

所以她總是在未眠的夜裡，放肆地瀏覽著他的臉書頁面，以一種遙遠的方式參與著他的生活。同時，也假想著他正流連在自己的臉書前，閱讀著她那些隱晦幽微的心思。這樣的連結，雖然是一廂情願的想像，也能讓她打從心底生起一股甜蜜又酸楚的陶醉。

於是，她熱中於進入「檢視角度」這個功能，然後在「輸入朋友的名字」那個框框裡鍵入他的名字，視窗會顯現「這是你的動態時報從XX的角度看起來的樣子」，而她就這樣靜靜地看著自己的臉書，模擬著從他的角度看著她可能會有的感覺，恰似靜靜地坐在月亮上，遠遠地遙望著自己所生活的水藍色地球。縱使與他的距離，也像月亮和地球之間一樣。

關注排行榜

自從知道臉書有一個功能，可以知道誰是最常關注自己臉書的人，她就躍躍欲試。

所以，她按照指導步驟，先進入自己的臉書網頁，在空白處按滑鼠右鍵，選擇「檢視網頁原始碼」，再按Ctrl+F，尋找「Ordered Friends」，找到一組組的數字，這樣，她只要將最前面的數字複製再貼到臉書網址上，就會得到答案了。

是正在交往的A？還是與她玩曖昧的B？或是曾經與她有過一段刻骨銘心之戀的C呢？

她心跳著等待答案揭曉，結果出來的竟是一個非常陌生的臉書頁面。

她目瞪口呆地望著對方的臉書，天啊，這是誰？她甚至不知道自己還有這個臉書朋友。

對方的臉書資料欄裡除了「女性」之外一無所有。牆上一片空白，沒有任何貼文與連結。朋友名單隱藏。沒有生活相片，沒有說讚的內容，甚至連大頭貼都只是一隻貓。

於是她唯一可做的是進入「友誼進入網頁」，然後得到簡單的資料：兩人自二〇一〇年三月開始是Facebook朋友。

二〇一〇年三月？那不就是她與A開始交往的時候？忽然間，她知道這個人是誰了。

A說過，他那個具有強烈占有慾與控制慾的恐怖前女友，曾經因為他不得不擺脫她而綁架過他的貓。他雖然把貓搶了回來，貓從此卻個性不變。獸醫師說，這隻可憐的貓咪顯然有某種揮之不去的心理陰影。

她顫抖著刪除了這個最關注她的「朋友」，然後起身關上屋子裡的每一扇窗。

現在，她知道那隻貓在害怕什麼了。

分享

他的動態時報顯示著多采多姿的生活：世界各地的旅遊照片，各種美食，可愛的寵物，美麗的花草，發人深省的小語，組合成層次豐富的個人網頁。

但以上統統不是他的經驗，全都是從別人的臉書分享來的。

他真正的生活與他的臉書完全無關，所有的精采都是他的收集。他羨慕那些總是在遊山玩水、享受美食的臉書朋友，他不認識他們，但他肯定所有其他人的生活都過得比他好。他的日子只有日復一日的沉悶無聊。不，他覺得自己根本沒有所謂的生活，二十二K的薪水，房租就去掉一半，剩下只能維持勉強的溫飽，還能創造什麼美好人生？他沒有什麼可以放在臉書上炫耀的啊。

於是他的臉書成了東拼西湊而來的「別人的生活」，他每天密切注意其他人的動態，看到喜歡的就按「分享」，轉移成自己的動態，好像一隻鳥兒銜了亂七八糟的東西來築巢，築成他的夢境。

於是那些「別人的生活」就成了他去過的地方，他吃過的美食，他豢養的寵物，他栽種的花草，他說過的話。他貧乏空洞的日子因此豐富了起來。

於是他有了自己理想中的生活。

打卡

臉書打卡，在地球上的某個地方給自己定位並昭告天下，好像很俏皮，其實很危險。

就像我的某個女性朋友，某天她打了一個卡，結果使她當時的男友大發雷霆，因為同一時間，她以前交往過的某個男人也在同一地點打了卡。雖然她百般喊冤，說那純屬巧合，但那個男人對她已信任全失，從此兩人關係大壞，勉強拖了一陣子，最後還是分手了。

所以，打卡之前最好三思。除了可能失戀之外，還可能失去性命。

前些日子有一條社會新聞，即是某個幫派聚餐時，有個小弟打了一個卡，結果行蹤被仇家盯上，一群人提刀趕過來，當下形成兩派大械鬥，死傷慘重。

也許你沒有冤家，也沒有仇家，你就是個清清白白的好人家，但打卡還是可能打出問題。

這是我聽來的故事，苦主是我朋友的法國朋友。某天，這個法國男人到國外度假，天天打卡，交代他在南亞小島上的快樂假期，也等於交代他這段日子都不在家；等到假期結束之後回到家，他一進門，就發現整個家都被小偷清空了。他在臉書上哀嘆遭竊的事，那個囂張的竊賊還來回應：「你不打卡，我也無法放心下手。」

不過我的某個朋友打卡，卻是基於非常動人的理由。他說，他是為了與他相隔兩地的母親而打卡的。「我走到哪裡都記得打卡，因為我媽媽想我的時候，只要打開臉書，就會看見我的行蹤，這會讓她放心。」

活動

從一場派對到一次革命，都可以在臉書上完成。

「占領華爾街」寫下了經濟史新頁，「阿拉伯之春」推翻了長達數十年的強人政權，這摧枯拉朽般的強大動能效應，見證了Facebook的動員力量足以排山倒海。臉書的活動一旦一傳十，十傳百，效果驚人。

是否出席某個新書發表會，是否加入某個工作坊，不管是什麼活動都有三個選項：「參加」、「或許」、「不參加」，要不就什麼都不選，略過。

但更常的時候，參加活動根本不需要出門，甚至不需要離開椅子。聲援某個團體、支持某項主張，按一個讚，就完成了個人的這個活動。

就像他，這個一日三餐都在電腦前進行的宅男，幾乎足不出戶，卻一天到晚都在參加各種活動。昨天參加那個座談會，今天參加這個攝影展，但他只是按了「參加」，人還是釘在椅子裡不動。

「你真的該出去活動活動了，去慢跑啊打球啊，去做什麼都可以。」他的朋友勸他。「人活著就是要動。再這樣坐著不動，健康要出問題了。」

而他置若罔聞，只是打開某個網頁，又參加了一個活動。

五分鐘的朋友

她收到了一封朋友邀請，可是除了一個名字和一張大頭照之外，並沒有更多對方的資料。她看看那個名字，很尋常的Helen，再看看那張大頭照，是一朵綠色玫瑰。她點入「關於」，也只有「女性」兩字。

她猶豫著是否要接受邀請，有點興奮，也有點不安，興奮的是被邀請就等於被賦予一種選擇的權利，可以選擇接受還是拒絕，平白給人一種天上掉下來的優越感；不安的則是，這位Helen也太神秘了，如果她來意不善呢？

終於因為好奇的緣故，她按下「答覆交友邀請」，也只有接受，她才能更進一步了解這個Helen。

她發現自己立刻被淹沒在一堆少女關注的事物中了，塗鴉牆上不外乎是與星座運勢有關的連結、水晶指甲、厚得像扇子一樣的假睫毛……來回應的也全都是一群少女，用的是火星來的文字。她覺得自己置身其中，就像是誤闖高中女生教室的大嬸，雖然她才剛滿三十。

她簡直是逃命般地把這位Helen從朋友名單中移除。前後算算，她與她做朋友的時間，只有五分鐘。

太可怕了！雖然她也經歷過少女時代，可是要現在的她去和一群少女相處，真的讓她頭皮發麻。年輕世代的輕佻與活潑，對她來說是一種壓力，她們吱吱喳喳的青春提醒她，她已經是古時候的人了。

為什麼這個Helen會對她發出交友邀請呢？她們之間並沒有任何共同的朋友啊。不過她也不想深究了，就像她不想去理解為什麼自己會開始懼怕青春一樣。

遠行

幾天前，在某個朋友的臉書上看見C的訊息，知道C生病了，而且病得不輕。當下我立刻進入C的臉書，想多知道一些他的近況，他的貼文裡沒提生病的事，但一張瘦削的近照呈現了病容。

是什麼病呢？怎麼會讓一個原本強壯的男人變得如此形銷骨毀？想要私下詢問我與C共同的朋友，但又覺得這樣打探似乎不太好，於是直接發了一封私訊給C：

「你好嗎？我對你的現況所知不多，只願平安喜樂與你同在。」

訊息在不久之後就被讀取，但一直不曾回覆。

認識C那年，我還在讀大學，當時他是我好朋友的男朋友，住在陽明山上一幢破舊但有藝術氣息的平房裡。某天下午我陪朋友去找他，他睡眼惺忪地來開門，一見我們就笑問：「妳們來臨檢啊？」

後來C和我的朋友並沒有繼續走下去，但他成為知名的攝影師，所以我偶爾會在藝文版面上看見他的訊息，或許偶爾我們也在某些場合匆匆交會過，然而也都是前塵往事了。

兩年前我忽然接到他的臉書交友邀請，他問我還記得他嗎？我回覆，當然記得啊，很開心又在臉書相遇了。

從此又是兩年沒有聯絡，直到幾天前知道他生病的消息為止。

但這聯絡是單向的，他未曾回覆我的問候，不禁讓我擔心他的健康狀況。

接下來的幾天，我常常上C的臉書，想多了解一些，可是他的臉書始終沒有更新。

然後，今天在朋友的臉書上又看見了C的訊息，卻已是永遠的告別。

雖然早有預感，但在知道的當下，還是覺得太突然了。

正當壯年的C就這樣離開了嗎？我想起他笑問「妳們來臨檢啊」的那個表情，昨日如在眼前。那時的我們是那麼年輕。

就當一個朋友遠行了吧。他要去的地方，有一天我們也會去，他只是先走一步了。

此刻，我想對C說的，依然是那句話：「一路好走，只願平安喜樂與你同在。」

未曾謀面

有些人未曾謀面，這一生也不知是否有機會相見，卻成為我心中淡淡的懸念。

例如T，我的某個臉書朋友，一個有著溫暖笑容與深邃眼神的人，他的貼文寫得很好，並曾經輕描淡寫地透露，自己在三年前得了一種罕見疾病，徹底翻轉了對於人生的看法，也因此他的字裡行間總有一種生命經過撞擊之後的了然與徹悟。

有一天，我忽然想起已經好一陣子不見他的訊息，於是進入他的臉書查訪他的動態，才由別人代發的公告得知，因為病情發作，T正在加護病房與生死拔河。從此我每天都會去他的臉書看看，希望能得到他已康復的好消息。我也常在心中祈求那看顧一切的神好好照顧T，他是那樣熱愛生命的人！

另一個朋友C，也是有一天忽然就消失了，而且他的臉書甚至不存在了。發生什麼事了呢？為什麼關閉臉書？現實生活裡，我和C並沒有共同的朋友，所以想問也無從問起。C又是個低調的個性，大頭照用的是攝影作品，名字用的是英文簡寫，我對他的真實狀況其實一無所知。然而在心靈的層次，他是個那麼有趣的人，

總是以幽默又獨特的觀點回應我的每一則貼文，常常讓我心有戚戚。這樣的一個臉書朋友不見了，令我悵然若失。

也忘了過了多久之後的某一天，我在便利商店領取一本網路訂購的書，對店員報上我的名字，拿了書準備離開時，一個男人叫住了我。他的面容清俊，氣質乾淨，但我確定以前未曾謀面。他說他曾經是我的朋友，在臉書上。

曾經？我問。他說，是的，他早已不用臉書，因為莫名遭人檢舉，他的帳號被停用，索性不再使用。「這其實也沒什麼不好，反正我也想有更多時間去做其他事情，只是來不及對一些曾經交淺言深的朋友們告別，總有些遺憾。」因此剛才聽我拿書時報了名字，他很高興有機會可以當面告訴我這些。

我腦中靈光一閃，說出那個消失的英文簡寫的名字。他的笑容瞬間燦爛起來，「妳還記得我？」

我也笑了，「當然記得！我也很高興遇見你。」感謝這場偶遇，解答了我對於他忽然消失的疑惑。

當下我們聊了起來，就像老朋友敘舊一樣，回憶了一些過去在臉書上的交流片段。然後，並沒有留下任何聯絡方式，各自有事的兩人互道再見。我還是不知道他在真實世界裡的名字或其他，不過那並不重要。萍水相逢，這樣就已足夠。

臉書讓原本沒有交集的人們相聚，像是一片雲相會另一片雲，或是一片浮萍遇見另一片浮萍。在雲端的世界裡，人與人之間似近似遠，可能相忘於江湖，也可能成為心頭的懸念。原來在不知不覺間，有些交流已滲入情感的水分，在不見對方的時候，也會關心，也會想念。

即使未曾謀面。

前世記憶

在一個朋友的臉書上看見一篇ＰＯ文，他寫道：
「從書堆裡掉落出來的不知幾年前抄寫下來的手寫字
文章是來自作家彭樹君的
聽天使在唱歌
想想還滿懷念那個寫字的年代和寫字的自己
一種屬於老時光裡的緩慢手工業……」
我驚訝地讀著這篇手抄的文字，暈黃的圖片彷彿染上歲月的重量。是嗎？是
我寫的嗎？這段文字確實似曾相識。

我曾經來過這裡嗎？
寂靜的石牆
緊閉的木窗

麥浪一樣高高的草
草中飄搖的鳶尾花
親切的熟悉的讓我好想靠著它大哭一場的老房子……

我已經不記得在什麼時候寫下這樣的文字，也不記得這段文字是收在哪本書裡了。

但我想起來了，那樣的畫面是我以前常作的夢。在夢中，我不斷地回到一幢曠野中的石屋，像是要尋找什麼，又像是赴一個很重要的約定。那裡安靜無人，只有草叢中的鳶尾花在風中搖曳。

於是瞬間我彷彿又回到那個久違的夢裡，回到那種前世般的記憶。

就這樣，我在別人的臉書上忽然看見自己多年前寫的文字，像是乍然重逢了昨日的自己。

重逢

有一天，我忽然想念起一個朋友，於是在臉書頁面上鍵入他的名字。很快地，他的照片出現了，當下我沒有太多猶豫，發了一封訊息過去：「還記得我嗎？這些年來，你一切都好嗎？」原本以為只是試試看，沒想到幾乎是立刻，我就得到了他的回覆：「我很好，現在正在安克拉治參加一個醫學會議，過幾天會回台灣，到時見面聊聊吧！」

前後不到五分鐘的時間，串起二十年的失聯，而且他還在遠得要命的安克拉治！在那個奇妙的當下，漫長的時空距離彷彿消失在轉瞬之間。

那是我第一次，或許也是到目前為止唯一的一次，在臉書上的尋人經驗，然而也足夠了，我已徹底感受這其中不可思議的強大威力。

臉書讓許多失散的親人故舊重逢，從茫茫人海到茫茫網海，連接起許多中斷的情緣。它是一個人際關係的重整，小學時坐在隔壁的同學、好久不見的鄰居、大學的社團夥伴、以前共事過的同事，甚至初戀情人，都有可能在某天打開臉書時就忽然出現。而每一回的乍然相見，那種恍若隔世之感，就算只是在雲端，依然令人心底驚呼：啊，這真是太神奇了！

有些網路上的重逢，會進一步成為面對面的相聚，卻也有些尋人，從一開始就沒打算相認。

我的朋友M，在網路上找到了多年前的女友，但她可能從未發現，自己從前的戀人是現在的臉書朋友，因為他使用的是英文暱稱，而且個人資料皆未公開；事實上，他設立這個低調的帳號，就是為了尋找她，可是他小心翼翼隱藏著自己，並不希望她認出他來。畢竟這麼多年過去，他雖然還是單身，她卻早已嫁作人婦，就算曾經愛得再怎麼轟轟烈烈，也都是從前的故事了。

「不想再見她一面嗎？」我知道他一直對她念念不忘。

他笑了笑，淡淡地說：「我見到了啊，只是她不知道而已。」

他說，只要能安靜地看著她的動態，這樣就夠了。

於是每天晚上，他會進入她的臉書，看她今晚做了什麼菜，看她白天去了哪裡，見到什麼人，發生什麼事，看她假日和先生孩子去哪裡出遊……那就像看著她的窗口亮著的燈火，裡面有她幸福溫馨的生活，但已不是他可以加入的了，然而他的心裡是安慰的。「過去我無法給她的未來，已經有別人給她了。現在的她過得很好，這不是就很好了嗎？」

我點點頭，對於深情的人來說，或許這就是最好的結局吧。

有些時候，重逢可能是一個續集的開始，卻也可能是一場毀滅的結果。所以，有些故事，留給從前就好，有些思念，收在心裡就好。

Part 3

Memory

不知從什麼時候起，

令人終宵不寐的憂愁愈來愈淡，曾經輾轉反側的煩惱如今遠如輕煙，

以前要三天才能過去的糾結，現在深呼吸三下也就放下了。

這樣的改變總在不知不覺之間，驀然回首才驚覺，

那是何其漫長的歲月換來的啊。

那從未開始的

她一直記得，那個在火車上拿面紙給她擦眼淚的男人。

當時她正坐在南下的火車上，窗外的景色不斷倒退，但她什麼也看不清，因為淚水盈滿她的眼眶，讓她的視線一片模糊。

她坐在靠窗的位子，頭抵著窗，心裡翻滾的全是她的愛貓Nini可愛的身影，但半個小時之前她接到家人的電話，說Nini撐不住，沒等到她就走了，她專程從台北趕回台南老家也見不到Nini最後一面了。

Nini從小與她一起長大，不只是一隻貓而已，還是她的朋友，她的家人。

這幾年她在台北讀書，每次回家都看得出Nini日漸無精打采，畢竟人與貓的時間表不同，她長大了，Nini卻老了。理智上她知道Nini總有一天會離開，但感情上她並不想面對那一天，而現在，她連一句我愛你都來不及對Nini說，就算回到了家，她見到的也只是Nini冰冷的小身軀，想到這裡，她不禁要哭出聲來，但因為極力忍住的緣故，成為低聲的嗚咽。她的肩膀劇烈地顫抖著，像海面的波浪，像波浪止不住的哀傷。

就在這時，她身旁那個男人站起身來走開了，不久之後又回來，手裡拿了一疊面紙，一面遞給她，一面吶吶地說：

「妳哭出聲來沒關係，這裡面紙很多……」

雖然不懂哭出聲來和面紙很多有什麼關聯，但聽到他這麼說，她彷彿得到某種鼓勵，真的就嚎啕大哭起來。

她哭著哭著，一開始是因為失去Nini的悲痛，後來漸漸參雜了其他，關於一個年輕女孩離鄉背井在台北的孤單生活，關於她不順的情感，關於她在學業上努力與收穫的不成正比，她愈想愈多就愈哭愈兇，哭成了一個五歲的小女孩。她很久沒有這樣哭了，所以這場大哭是把積壓多年的淚水一次出清。她一邊哭一邊擤鼻涕，面紙不夠用了，身旁的男人又起身去不知從哪兒拿了一大疊來（應該是洗手間？她猜）。她不顧一切，也不管是在火車上，就這樣哭得淋漓盡致，哭到漸漸覺得整個人平靜而放鬆。

「不要擔心，一切都會過去的。」

本來她以為是自己心裡這麼想的，後來才意識到這是身旁的男人為了安慰她所說的話。她總算第一次轉過頭去看他，是個面容清俊的好看男人呢，眼裡寫滿了對她的關心。她對他微微一笑，表示感謝，他也鬆了一口氣似地笑了。

「妳好多了就好了。」他說得那樣真心誠意。就是在這一刻，她心裡某些什麼被觸動了。

然而台南到站，她起身下車，匆匆說聲再見就往出口奔去，雖然急著回家，但她還是意識到那個男人一直在她身後亦步亦趨，然而在驗票口，他被攔住了，她聽見驗票的工作人員說，「你這是到台中的票，已經過站了，你要補票。」

她坐上計程車時，轉頭一瞥，他還在那兒補票。他穿了一件藍格子的棉質襯衫，一條洗白的牛仔褲，高高的個子在流動的人群中給她一種靜止的感覺，在他之上是無盡的藍天，而那一瞥從此也成為她記憶裡的定格。

她這時忽然明白，他是為了她而坐過站的，他早該在台中下車的，卻為了哭泣不止的她而一直陪她坐到台南。她心中一熱，淚又流了下來。她想對他說聲謝謝，但車已往前駛去……

*

這已是從前從前的事了，但我的朋友卻一直記在心裡。這個故事，我聽她說過不只一次。她每次描述的細節都一樣，可見她在心頭不斷溫習，從未忘卻。

「如果當時我停下來等他，把我的電話給他，就好了。」每次她也總會這麼幽幽輕嘆，「感覺是個好溫暖的人哪，是那種可以相守一生走下去的人，但被我錯過了。」

我的朋友擁有豐富的人生經驗，其中包括一次短命婚姻和幾段痛徹心扉的愛情，但她卻始終念念不忘那個火車上的陌生人，因為那個人出現在她後來的人生之前，他代表了一切後來的坎坷與動盪都還沒發生之前那種無限的可能。或許她的潛意識裡，一直想回到那一天的驗票口前，只要多等他一會兒，說不定她後來的人生就是另一番景況，說不定那些坎坷與動盪就不會發生。

從來沒有開始的戀情總有最多的想像。也因為沒有開始，所以不會有那些過程裡的波折，不會有結束的撕裂與痛苦。那樣的純潔無瑕，就像是裝在水晶瓶子裡的回憶，讓我的朋友每每因為壞感情而壞了心情的時候，就要拿出這個回憶的瓶子搖一搖，彷彿這樣就能得到某種甜美的安慰。

*

我的另一個朋友則一直記得那個幫她停車的陌生人。

那是在她剛剛拿到駕照時，也是從前從前的事了。那天她開車上路，到達目的地之後，路邊正好有個位子，可是畢竟是生手，她喬了半天還是無法把車子喬進那個停車格，偏偏那又是個單行窄巷，後面一串車子在等她喬好，愈堵愈多，她也愈來愈慌，急得快要哭了。

就在這時，後面那輛車的車主下了車走過來，敲敲她的窗，帶著溫和的笑臉問她，「小姐，我幫妳停車好不好？」

於是她讓出駕駛座，移到一邊，看著那個男人熟練地轉著方向盤，輕鬆優雅地就把她的車停進那個她對付了半天依然束手無策的空位，瞬間解救了她。他有一雙修長好看的手，一雙充滿男性力量的手，她覺得那雙手放在她的方向盤上，再適合也不過了。

然後他轉過頭來，幽默地說，「以後停不進格子裡的時候，就打電話給我，反正我都在電話亭附近。」他用的是電影《超人》的梗。

多年之後，她想起來還是惆悵，為什麼那時只會紅著臉微笑，卻沒有順勢問他的電話號碼呢？「然後我就可以藉由感謝的名義，約他出來喝杯咖啡，說不定後面會有故事。」說這句話的時候，她的臉上竟有一種天真少女的表情。

雖然那杯咖啡從不存在，但她後來的每一段感情，都是從手開始的，如果男人有一雙修長好看的手，就會讓她充滿安全感，然後才會讓她產生愛的感覺。她一直記得他那雙方向盤上的手。在不知不覺當中，一個陌生人成為她心上的幽靈，幽微地影響了她情感上的命運，這或許也算是後面的故事吧。

那些從未開始的，往往是影響最深遠的。雖然她早已過了相信王子公主故事的童話年齡，但在內心深處，或許還是期待著一個可以把她從混亂之中解救出來的男人。

＊

而我一直不能忘記的，是那個彈吉他的鄰家男生。

那時我還是個高中女生，而他已經是個大學生了，他的窗就對著我的窗，每天晚上，當我挑燈讀小說的時候，他的窗常常是黑的，顯示無人在家，大學生的生活多采多姿，與苦悶無聊的高中生是天壤之別；而當那扇窗亮著的時候，總見他抱著一把吉他在那兒隨興所至地自彈自唱。他喜歡唱Simon and Garfunkel、Dan Fogelberg、Eagles的歌，歌聲如何並不重要，重要的是，他的窗就對著我的窗，那給了我無限的想像。這時我會掩上窗簾，莫名地心跳臉紅，假想著那些歌都是為了我而唱。

但當然不是，我想他根本沒有意識到我的存在吧。

其實我甚至沒有和他說過話，他的模樣對我來說也很模糊，不過是個窗前的剪影，如果在街上遇到了，也許我還認不出他來。然而他的歌聲穿透過許多個夜晚，落在一個生命經驗貧乏的高中女生心上，滋養了情竇初開的花。

於是當我自己也成為一個大學生的時候，第一件事就是去學吉他。

我必須承認，很長的一段時間，會彈吉他的男人特別令我心動，直到現在，吉他還是我心目中最美的樂器。吉他的弦聲總會讓我想起那些浮想翩翩的夜晚，那些苦悶憂傷又單純的青春時光。

那些從未開始的，才是最純淨的，不會被「後來」汙染。它已停留在某個從前從前的遙遠的過去的時空裡，成為一種永恆。

＊

張愛玲有一篇散文，寫一個十五六歲的少女，「生得美，有許多人來做媒，但都沒有說成」，某個春天的晚上，她穿了一件月白的衫子，在自家後門口，手扶著桃樹，對面那個從來沒打過招呼的年輕男人走了過來，輕輕說了一聲，「噢，妳也在這裡嗎？」就只有這樣一句話，卻讓她記了一輩子。「老了的時候她還記得從前那一回事，常常說起，在那春天的晚上，在後門的桃樹下，那年輕人。」

這篇文章全文只有三百四十五字，非常簡短，卻綿延了一個女子的一生。而張愛玲給它下的標題是〈愛〉，如此輕盈卻也如此隆重，愛。她的小說裡向來只有千瘡百孔的現實人生，從未說愛，卻是在這篇散文裡，那偶然的一瞬間，那從未開始的，那後來再也沒有後來的，她說，那是愛。

收集回憶有如囤積陽光

進行衣櫥斷捨離，清出兩大袋雖然好看但穿起來其實不舒服的衣服，其中許多價值不菲，但既然不會再穿，對現在和以後的我來說，也就沒有任何意義了。

要判斷一件衣服會不會再穿的方法很簡單，只要連著兩年都沒上過身，那就是此後無緣了，就算這件衣服再美也一樣，它與你的身體已經很遙遠，只是掛在衣櫥裡占空間而已。

以前總是把「好不好看」放在最前面，其他都次要，可是如今，當我把「衣服與身體相處起來是否和諧」放在第一位，就連一點點不舒服都不願接受了。

人生過了某個階段，會這樣任性起來，以前可以忍耐的，現在只覺得，噯，何必勉強自己呢？

讓自己感到舒服，是一件很重要的事。就像我的貓，永遠都能找到一個最舒服的位置，喬出一個最舒服的姿勢，他才不管自己是不是討人喜愛，他自己高興就好了，但他那自由自在的狀態在我的眼中正是最迷人的樣子。

看起來美麗的衣服穿起來卻感覺有刺，就該捨棄了，那麼會扎人的回憶呢？是不是也該做同樣的處理？

被愛情照耀的時光無比燦爛，讓人感覺內在的冰河重新湧動起來，成為溫柔的水流，水面上光芒閃爍，但也許一個眨眼就會過去，於是我總試圖記下閃閃發光的每一刻。日記、照片、禮物、情書、卡片、火車或飛機的票根、咖啡屋或餐廳的名片、壓在書裡或筆記本裡的花草樹葉……我相信藉由這些記憶的索引，那些時光會被具體地保存下來。我甚至準備了一本記事本，用來記下愛人所說的情話，因為我不願那些動人的話語隨水流去，也許下一刻就被遺忘。在戀愛的時候，我是個熱情的囤積者，殷勤收納著有愛相伴的時時刻刻，我總想著，如果有一天我失去他了，至少不會失去這些閃閃發光的回憶。

然而會離開一個人往往是因為令人傷心的原因，為了不要睹物思人，分手之後，我總是把那些東西收進一個箱子，嚴密打包，然後放進某個陰暗的角落，打算忘記它們的存在。而我也確實從此不再想起，因為決定離開之前，我其實早已想過千萬遍，那種千迴百轉已經一遍又一遍地耗損了殘餘的情感能量，等到真的下定決心，就是徹底放下的時刻，什麼也不剩了。

張愛玲說，照片不過是生命的碎殼，當我在刪去那些照片的時候，就是在刪去曾經囤積的回憶，那些過去的碎片必須被清理，才能讓現在再度完整起來。或許那些回憶只是我心中的戲劇，或許在另一個人的記憶裡，完全不是我所記得的那麼一回事，所以有什麼好執著呢？回憶是百分之百私密的東西，你以為是兩個人共同持有的經歷，其實只是自己一個人的感覺，而感覺像天空的雲朵一樣飄忽，總是在不停地改變形狀，而且很快就要化為空無，若是還要緊抓住什麼，那就必須營造一些情緒上的想像。所以，讓人留戀不捨的往往不是真正的經驗，而是經過變造的、帶有想像性質的過去，那已經失真了。

回憶的本質是虛妄的，而且那些真的假的、好的壞的、美麗的醜惡的、愉快的傷心的回憶全都攪在一起，成為混亂複雜的團塊，裡面藏著刺，再回想只是扎心而已，所以乾脆把所有的過去連同回憶一起打包，從此斷捨離。

讓自己感覺舒服，真的是一件很重要的事啊！不再把難過的回憶像扎人的衣服一樣穿在身上，才能像貓一樣享受與自己的相處。經驗過幾番悲歡離合之後，就會懂得，在愛的時候好好感覺那個當下，當愛不在了，就好好讓它去吧。愛情像陽光一樣燦爛，但我們無法囤積陽光。

終於學會在失去之後放下過去也放過自己，這是歲月帶來的好處。

然而就算放下了過去的包袱，我們曾經經驗過的一切還是會成為生命的一部分，有形的皆是容易毀壞的，那些無形的喜怒哀樂愛惡欲才是更具體的存在，它們將轉成潛意識，儲存在我們的血肉骨髓裡，無聲地進行另一種囤積。然後，經過時間的流逝與治癒，該流走的會流走，該留下來的會留下，而時間長河所淘洗出的那些珍貴如金沙的了悟，將使我們成為更透徹的人，會更明白人生並喜歡自己。

暖洋洋的幸福火鍋

這個夏天的夜晚，獨自喝著冰涼的水蜜桃啤酒，我想起的卻是熱騰騰的火鍋。火鍋對我來說，向來是代表幸福的食物。

小時候，冷天最常吃的就是火鍋。一家人圍著冒著暖煙的一口鍋，氤氳蒸騰中閒話家常，那樣的感覺令人安心。歲月在窗外悠悠流過，屋子裡是一家五口的尋常生活，而很久以後我才知道，那樣平淡的人間煙火其實並非理所當然的擁有，總有一天會成為遙遠的記憶，可是對一個孩子來說，總以為現下的一切永遠都會持續。那時的父親母親都還年輕，那時的我也從沒想過，有一天父母竟然會老，以後的自己又將經歷怎樣的人生。

大學時代，社團裡辦活動，大夥兒聚在一起最常吃的也是火鍋，總是一群人浩浩蕩蕩擠進某個男同學的租屋處，向房東借來最大的鍋子，再用電磁爐燒開一鍋水，就亂七八糟把能煮的東西全都熱熱鬧鬧丟了進去，連鱈魚香絲、旺旺仙貝之類的零嘴兒都可以放進去滾，再撈出來的時候也不知道那形跡可疑的是什麼，不過沒有人在意；名義上是討論活動事宜，但大部分的時間其實都在唱歌閒聊彈吉他，不過一樣沒有人在意。偶爾哪個男同學擊退眾人的筷子夾攻，搶下一個漂亮的丸子送進某個女同學的碗中，如此公然示愛總是引起一陣起鬨，不過或許也引起某個人悄悄的失落，似有若無的情感總在笑鬧中掩藏而去，那吃下去的滋味也成了個人的體會。

那些年的火鍋派對湊成了兩三對情侶，後來大家先後畢業了，陸續失去聯繫，聽說那幾對情侶檔也跟著勞燕分飛。前些日子在社群網站上與當年幾位好友又碰上了，驚喜萬分地相約一定要聚聚，再開個火鍋派對，可是這個約從冬天喬到夏天一直沒約成，大家都忙，而且分據三大洲五大洋，要再聚首可不容易。若真湊齊了，也不知是怎樣的心情？彼時的青春容顏已經成為舊照裡的回憶，當年的情侶們也已各有各的家庭。

火鍋是親情的連結，是友情的畫面，而在愛情的世界裡，火鍋也是我的幸福食譜首選。當我愛上一個男人的時候，總是會有「啊，好想與他一起去吃火鍋」的渴望。手牽著手，一起去吃名稱甜蜜的鴛鴦鍋，一口圓鍋分成兩半，那真是很有意思的設計，兩人對坐，眉目傳情，卿卿我我，卻是各吃各的鍋，各有各喜愛的食材與湯頭，看似井水不犯河水，然而終究是合在同一只鍋子裡。就像兩人各自保有彼此的獨立，但又有相依相偎的親密，一口鴛鴦鍋，彷彿上弦月與下弦月合成了一個圓月。那樣的畫面是具體的飲食男女，也是我對幸福的想望。

只是這樣的幸福無法定格，每一個曾經與我一起吃過鴛鴦鍋的男人，後來都消失在我的生命座標之外，面目漸離漸遠漸模糊，偶爾想起他們，無論曾有過怎樣的驚濤駭浪，如今心中已是止水，只是好奇現在與他們在一起過日子上市場買火鍋食材的，不知是怎樣的女人？

也曾有個過去的朋友，在分手多年之後忽然傳來一則簡訊，說他已從異國回來，問我是否願意再度與他一起吃火鍋？我沒有回覆。緣分盡了，過去就是過去了，流水不會回頭，破鏡又如何重圓？多年前的一切早已隨風而逝，他不再是我的幸福，我也早非昔日的我，再見又當如何？濃情蜜意已經雲淡風輕，不再相愛的兩人也已經不再適合共食一口火鍋。

火鍋是一種屬於情感層次的食物，能在一起吃火鍋，這是多生多世修來的緣分，不是家人、情人，就是可以放心與交心的朋友。喜歡火鍋，也許喜歡的是那溫暖的煙霧，在裊裊白煙中，每個人看起來都慈眉善目。那樣的溫暖洋溢具有某種催眠般的效果，能讓平時說不出口的話語自然地傾吐。因為是親密的人，所以就算靜靜地不說話，也不會有冷場，熱煙早已把兩顆心融化。

而今大部分的時候，我總是自己一個人吃鍋。我喜歡去熟悉的涮涮鍋店，坐在安靜的角落，遠離陌生人的歡聲笑語，點一人份的魚片鍋，一邊慢慢琢磨心事，一邊緩緩品嘗眼前的滋味，像品嘗一個人的孤獨，也品嘗一個人的自由。那樣的寂寞與美好，不多也不少，是剛剛好的幸福。

我的廚藝不佳，雖說曾經有一段時間也試圖學過烹飪，但把大小鍋子買齊之後，終究因為忙碌的緣故，上了一堂課就沒再去了。但我也不擔心，反正我可以煮火鍋，無論如何，一定活得下去。我也總是開玩笑地對朋友們說，我的拿手料理，嗯，就是火鍋。火鍋是懶人的拯救，只要把想吃的東西統統丟進去，就是理想美味的一餐了。我是那種最忠誠的食客，可以天天吃同樣的食物而不厭倦，所以我喜愛火鍋的心也從未改變。

火鍋也是一種療癒系食物。冷冷的天裡，一碗濃縮所有食材菁華的熱湯讓我身心舒暢。不拘任何季節，傷心的時候，我也總是想喝上那樣的一碗湯，然後就覺得一切充滿希望，自己可以再度振作起來。

所以，那幾乎是一個療癒的儀式了，裝半鍋的水，點上火，看著清水慢慢煮沸，放兩塊大骨去熬，讓燃起的熱煙慢慢融化沮喪的心情，再一一放入魚餃、豆皮、丸子、茼蒿……看著五顏六色的食材在水中翻滾舞蹈，令人不禁也開懷了起來。接著再調製一碗加上蔥蒜辣椒沙茶油醋的蘸醬，辛辣酸甜的程度依當下的心境而定，然後夾起一片鮮美的魚片，蘸點兒醬汁送入口中，滿足了味蕾，也撫慰了寒涼的心。啊，人生真好，不會真有什麼過不去的！失落憂傷不過是白菜一碟，就丟進火鍋裡一併燙熟吧。

是墜入愛河還是跌落深淵？

Fall in love，墜入愛河，這個詞總是讓我想到一個人失足跌落水中，一臉無助的畫面。而愛情的本質，確實也類似一種意外，甚至，一種災難。

愛情威力強大，被它襲擊過的人都知道不是它的對手，就像艾倫狄波頓在《我談的那場戀愛》裡形容的：「這難道不就像是某種聖靈顯現、病毒感染，或是一點也不浪漫的心臟病發作？」是的，就是這樣。愛情常常令我心神不寧。

這種心神不寧，一開始總是因為神魂顛倒的狂喜與陶醉，如果一直都處在如此情緒的高峰倒是很好，然而隨著時間過去，快樂慢慢減少，苦澀慢慢增加，這時的心神不寧只是令人困倦而已。

就拿我的上一樁感情事件來說吧。

我愛上一個人，把心交給了他，同時交出去的還有喜怒哀樂，我知道那很危險，因為這樣無異於心思情緒皆被對方控制，可是我墜入愛河，我身不由主。因此，當那個人有一點點不珍惜我的時候，我的感覺就像直直墜入地獄那樣晦暗糟糕。

所以，愛情讓我軟弱。

我不喜歡這樣，試圖振作取回自主權，然而因為愛情是一加一等於一，如果不消融自我，兩個人相處起來就會有衝突，而我不喜歡衝突，只好在苗頭不對的時候再度隱忍自我，可是我又討厭委屈自己，於是形成內在永不停息的自我交戰。

所以，愛情讓我矛盾。

更讓我不明白的是，我以為對方愛我就是為了我真實的樣子，可是他卻想把我改造成他理想中的樣子，結果是我在他眼中看不見我自己喜歡的樣子。到了這種地步，愛情已經不是兩個自我的融合，而是一個自我去消滅另一個自我了。

所以，愛情讓我對自己感到陌生。

最不堪的是，我以為愛一個人就該全心全意，但這個男人並沒有回應給我相等的溫柔與忠誠，因此種種不安與猜疑總是在我心中來回碾磨，那種患得患失讓我心煩意亂，什麼事也做不了。但因為避免衝突的緣故，我總是在對方面前把我的難過輕輕帶過，然後在夜裡暗自垂淚。

所以，愛情讓我變成哀怨的女鬼。

怎麼回事？愛不該是等於自由嗎？但為什麼我愛上一個人，卻變成了一個不自由的、受制於人的、軟弱矛盾的、連我自己都覺得陌生的女鬼？但我明明想當的是他的女神啊。

天啊，我還以為自己是墜入愛河呢，怎麼竟是跌落痛苦的深淵？

我也以為愛應該是一種如水的流動，一種飛翔一般的輕鬆，怎麼竟是充滿了謊言和背叛，令我如此心碎沉重？

我再也不能允許自己在這種狀態裡繼續下去。愛情給我的如果不是快樂而是煎熬，那我要它做什麼呢？於是，在完全滅頂之前，我帶著殘存的理智和尊嚴，以自以為優雅的態度，主動離開了對方。

但我事後不是沒有懊惱，也許我應該甩他一巴掌？也許我應該哭叫吵鬧，把一切的傷心不滿都宣洩出來？我羨慕潑婦，可以當下就釋放負面能量的女人其實比較健康，像我這種總是習慣避免衝突的女人唯一能做的就是自己一個人默默療傷，而這是一段漫漫長路。

但話說回來，長路漫漫也是一種必須，因為失戀使人自省，使人孤獨地進入心靈幽徑，看見了難得的風景，讓我可以把一個人的狀態修補完全。而且少了為別人心煩，多了自己的時間，也讓我可以從容地過日子，放手寫出男歡女愛的故事。所有的經驗都是好的，即使是一個壞經驗也有它的價值，因為那令人更了解自己。

我了解我自己，我永遠無法真正責怪任何人，畢竟，愛情會結束其實無關我還喜不喜歡對方，而在於我已經不喜歡對方眼中那個不快樂的自己。

如果問我在這段感情經驗裡學習到什麼，那就是，別讓自己在痛苦的狀態裡繼續糾纏下去，如果對方忍心讓妳受苦，那就表示他不夠愛妳，所以沒什麼好留戀的。結束一段感情當然不容易，但至少這種痛苦有盡頭，若始終卡在其中進退不得，那樣的煎熬才是遙遙無期。

有勇氣結束不快樂的關係，生命才能繼續往前進行。

也不要害怕面對一個人的孤獨。太多好女人因為害怕孤獨而忍受壞男人，這是可怕的浪費。　個人自由自在也是一種幸福。能和自己相處愉快，才能和別人相處愉快。要先讓自己快樂起來，才會吸引快樂的關係到來。

還有還有，下回如果我愛的人再讓我傷心的話，嗯，我會好好和他吵一架的。

她與她的夢想

多年以前，我初初認識她的時候，她還是我所任職的報社裡，一位新進的記者。那時她才從法國得到學位回來，主跑電影，而她整個人也有一種法國電影的味道。一頭長髮遮去半邊臉，氣質是甜美浪漫中帶著慵懶，跟你說話的時候，大眼睛會很專注地看著你，一副讓人猜不透的迷濛模樣，然後又會忽然笑起來，霎時變成純真的小女孩。

也許是因為我也喜歡電影，她也喜歡文學，所以我們很聊得來。那時我們常約在報社附近一間歐風氣氛濃郁的茶館，天南地北地閒談。她總是說，以後要自編自導拍一部電影。

有一天，她說她想寫一本小說，是一個女人為了承諾與戀人的約定，在分離十年後，獨自從台北出發，經過中亞，中東，北非，東歐，西歐，最後到達巴黎去見戀人一面的故事。

我說江國香織已經寫過類似的故事，她自信地說，那不一樣，她會寫出屬於自己的風格，而為了知道那個女人路上會看見怎麼樣的風景，她不能憑空想像，所以她必須親自去經歷這個旅程。

「那妳的工作怎麼辦？」我問。

她撐著下巴，輕描淡寫地說：「只好辭職了呀。」

「妳確定嗎？」我有些吃驚。

「很確定啊！」她愉快地笑了起來，「這是我現在最想做的一件事，因此要趕快去做才行。人生很短，一定要做自己喜歡的事情。」

她還說，寫完這本小說之後，她要把它拍成電影。

我還記得那天她穿著一件印花洋裝，長髮紮成了兩條鬆鬆的辮子，看起來就像個未經世事的小女孩，使得她的夢想聽起來如此天真；然而窗外午後的陽光斜斜照進茶館，在她身後放射出一片璀璨，卻又像是一個美好的預言。

不久之後，她真的離開了報社，旅行去了。

我不知道她是不是真的完成了那趟橫跨亞洲、非洲到歐洲的旅程，只約略聽說她經歷了一些情感上的變化，中斷了她的計畫，因此有些挫折。

兩三年過去，有一天我收到她寄來的包裹，裡面是一本書。她真的寫了一本小說，那是一本關於如何去愛的書。

我約她見面，她看來比以前沉靜，少了一些夢幻，多了幾分感觸；她說她去了幾個國家，人生的想法有些和以前不一樣，但當她說起未來想做的事時，臉上依然充滿盼望與光彩。

「以後我一定要拍一部電影。」她說，那種熱烈的口氣和以前一模一樣。她還是我認識的那個她。

然後我們就失聯了。

有時候我會想起她，也不知道她現在過得怎麼樣？每當想起她的時候，我的眼前浮現的總是她說起她的電影夢時，那種燦爛愉悅的表情。我想，也許她真的具有某種能力，可以把夢想變成事實。

失聯多年之後的現在，我忽然收到她寄來的臉書加友邀請，同時附上的還有她的私人訊息，她告訴我這些年都在國外定居，但她回台灣拍了一部電影，上映在即，如果我有空，她希望我能去參加她的電影首映會。

我立刻上網查詢那部電影，那不是她原先說的那部橫跨歐亞非三洲的愛情電影，而是另一部關於人性，關於療癒，尤其是關於「相信」的電影，構思多年，由她一手編導。在網路上某篇對她的專訪當中，她提及完成這部電影的辛苦與堅持，以及曾經把房子拿去抵押的孤注一擲。

她真的拍了一部電影！我為她開心，並深深感動，同時也覺得這個結果是理所當然的。

實現夢想的能力在於相信。當一個人真心相信自己一定會完成某件事，並且努力去實踐時，那麼那件事必將實現。她不只是完成了一部電影，而且還證明了她有實現夢想的能力。

橘子或檸檬

本來我已經要睡了，卻發現她在一個多小時之前傳來簡訊：

「我離家出走，可以借妳家住一晚嗎？」

離家出走？午夜一點已過，窗外還有冬日的冷風冷雨，這可不該是一個女人孤身在外晃蕩的時刻。我趕緊回電，問她在哪裡？她幽幽地說，就在前往妳家的路上，快到了。那頭的聲音沙沙的，可能是雨聲，也可能是線路不清。我還想多問什麼，訊號倏忽中斷。

我決定到巷口去等她，一開門，卻見她一身濕淋淋的站在那裡。她竟然從她家走到我家，除了手機什麼也沒帶，就這麼在深夜裡淋雨走了將近兩個小時。

發生什麼事了嗎？我的心裡充滿問號，但看她的神情並沒有悽惶，反而相當平靜，也就不急著問了。

待她泡完澡，吹乾頭髮，換上乾爽的睡衣，我把暖爐前的沙發讓給她，再遞給她一杯紅酒，等她自己開口。反正她想跟我說的，我一定會知道，從少女時代到現在的閨蜜，該有這樣的默契。

她望著角落裡的盆栽，若有所思。「我十八歲生日那天，妳曾經送給我一棵小樹苗，還記得嗎？」

我當然記得。為了慶祝好友成年，我專程到某個苗圃去買了一株橘子樹的盆栽，包裝成禮物送給她。她很開心地收下，細心地照顧，但小樹苗始終長不大，更別說結出果子；直到多年後她結了婚，有了自己的院子，把它從盆子裡移植到土地上，它才漸漸長成有模有樣的一棵樹。

我點點頭。「我們都期待著它會結出香甜的橘子，沒想到……」

「沒想到它是結果了沒錯，卻不是橘子，而是檸檬。」她微笑著接口。

那真的讓我們都嚇了一跳，多年來以為是這樣的，沒想到是那樣。這件事從此成為我們之間有趣的話題，同時還隱含著一些各自延伸的啟示，例如眼見為憑，例如種瓜得豆。

每回收成，她都會送來一半的檸檬給我，裝在漂亮的竹籃裡，開玩笑地說，喏，妳的橘子。

她很喜歡那個有院子的房子，但她的先生沒那麼喜歡，而她一向不是在婚姻生活中作主的人，只好在婚後第四年跟著他搬進另一幢水岸大廈，把那棵檸檬樹留給下一任屋主。

然而搬進新家之後不久，她先生的外遇就爆發了。

就像最通俗的肥皂劇，那個女人找上門來，吵著鬧著要她讓出妻子的主權。但她搖頭。

背叛她的那個男人本來一心只想逃避，兩邊都不理，然而那個女人到他的公司去撒潑，逼得他對妻子提出離婚要求，說房子車子都歸她，只要她放他自由。情急之下，他甚至對她動手。但她還是搖頭。

那段日子她過得相當慘烈，我在一旁看著她所受的百般委屈，深深為她不值，幾番勸她放手。但她依然搖頭。

也搞不清楚這件事最後是怎麼解決的？還是一直沒有真正解決？總之後來那個女人就漸漸銷聲匿跡了。她的婚姻又回到原來的狀態，彷彿什麼事情都沒發生過一樣。但事實上，一切已經不一樣了。

「我還是照常洗衣煮飯做家務，可是我常常覺得自己的心飄在很遠的地方，而眼前這一切彷彿是我誤入的次元，有一種說不出的荒謬。」她曾經這麼對我說過她的失落。「有一天，我透過夜晚的窗，偷看他映在窗上的身影，只覺得這個人好陌生，他真的是與我同床共枕的那個人嗎？當我發現他也在看我的時候，我立刻站起身來走開，因為我沒辦法和他的視線接觸，即使是這樣間接的接觸。」

此刻，她依然若有所思地望著角落裡的那株馬拉巴栗，開始緩緩敘述來到這裡之前的事。

「其實就只是一個很平常的晚上，他先睡了，但我忽然覺得，我再也沒有辦法躺在他身邊了。在這一刻，我很清楚地知道，我已經不愛他了，一點也不愛了。而他是早已不愛我了。我們怎麼可能還有愛？我們甚至無法凝視彼此。」

這個當下，她不顧一切地只想離開，於是拿了手機就出門。她心裡很明白，踏出了這個屋子，她就再也不會回去，而她沒有一絲猶豫。

在路上，她一直在想，如果當年她接受了他的離婚條件，她會有房有車，會在比較年輕的時候展開另一段人生，也許還會遇到另一個真心愛她的人；可現在是她自己要離開的，她什麼也不會得到，只是多了一些年歲，多了一些滄桑，還多了一個失婚的人生標籤，但她並不後悔。

「當年我以為我可以承受並寬恕，但我現在只想離開，就像一棵樹要一段時間之後才會結果一樣，我也需要一段時間來確定自己是不是還能在這場婚姻裡繼續下去。而我終於確定我不能。親密關係裡最重要的是信任感，這是一旦破裂就無法再修補的東西，花了這麼長的時間，我總算深刻地體會到這一點。」

一段關係若失去信任感，還能留下什麼呢？表面上看來的復合，內在其實一直在悄悄產生裂痕，直到某天完全碎裂為止。「若是沒有經歷這樣的過程，我不會清楚地知道，我要的是什麼，不要的又是什麼。」她說。

許多事情都需要時間才能得到真正的答案，就像種下一棵樹，除非它終於結出果子，否則你不會知道，答案究竟是橘子或是檸檬，還是意想不到的其他。在時間未到之前，誰也不知道那會是什麼。

有些時候，有些事情，看起來是失去，其實是得到。她終於得到了時間給她的答案。

此刻，她微笑的臉看起來很美，那是我很久沒有在她臉上看見的篤定與安寧。

雲端女子

她脂粉未施，長髮隨意挽起，一身白綢衫和印花裙看起來很自在。可是她的神情若有所思，看來充滿心事。

「我有點緊張，所以我可以握著妳的手嗎？」她的聲音輕如耳語。這還是陌生女子第一次對我提出這種要求，但我很自然地立刻就握住了她的手。她緊緊回握著我，我可以感覺得到她在深呼吸。

這是在舊金山飛台北的飛機上，人生的偶然安排了我們坐在彼此的隔壁，她靠窗，我靠走道。雙人式的並排座位感覺上就像一個小包廂，適合隱密的交談。

亂流過了，飛機回復平穩的飛翔，她鬆開我的手，對我一笑：「謝謝妳。我平常不會這樣，但今天好像特別脆弱。」

長路漫漫，我們就這麼聊開了。她拿出在義大利買的巧克力，我拿出從台灣帶出來的蜜餞，兩個素昧平生的女人成了暫時的手帕交，在遠離塵世的雲端之上。

她說，她離開台灣整整一年了，此刻終於要回家，也終於明白了近鄉情怯的感受。

「因為我不知道，我男朋友是不是還在等我？」

一年多前，與她交往多年的男朋友向她求婚，讓她認真考慮，自己未來想要的是怎樣的人生？

「我不確定自己真的想成為一個妻子，過著柴米油鹽的生活。我也不確定自己是不是真的那麼愛他，足以與他白首偕老？」

她的男友是個平實的男人，兩人本是高中學長與學妹的關係，卻直到她大學畢業數年後，兩人才在一起。在那之前，她不斷地戀愛也不斷地失戀，雖然也隱約感覺他的守護與等待，卻故意視而不見。「他不夠浪漫，不會甜言蜜語，不是我心目中的好情人。」

直到她的工作、生活和情感都出了狀況，整個人灰敗得像一棵掉滿落葉的樹，他下班後天天來看她，帶她去吃飯，幫她採買一些日常用品，為她默默繳交早就過期的水電繳費單，她才慢慢對他產生依賴的情愫。「可是其實我也不知道那是不是就是愛了。我以前的愛情都是轟轟烈烈的，從來沒有這麼平淡平凡過。」

她給我看存在手機裡的男友照片，雖然稱不上帥，但也斯文乾淨，有一種讓人可以放心信賴的氣質。我說他令我想起日劇《大和拜金女》的堤真一，她笑著說，「然而在那之前，我一直都和反町隆史那型的男人交往。」

與他在一起之後，她原本混亂的生活漸漸上了軌道，工作上也有了理想的發展，早已年過三十的他很自然地想要成家，但她不確定他要的未來也是自己想要的。她對他說，請給她一年的時間去考慮，在這一年當中，她想獨自去看看這個世界，兩人暫時不要聯絡。

「他答應了？」我問。

她搖搖頭，「他不願意，可是我當時心意已決，只覺得非這麼做不可。」

她辭去工作，關閉臉書，買了到印度的機票，以某個靈修中心做為世界之旅的開始。他來送機，並沒說會等她，只要她好好照顧自己，平安回來。她緊緊抱著他，對他說，若一年後她回來，他還在，他們就結婚，但在這段期間，他若遇見了另一個值得去愛的女人，她也會衷心祝福他。「畢竟一年的時間會發生很多變化，未來將如何，未來才知道。我自己都不確定會不會回來了，又怎能確定他真的還會等我。」

她在印度的靈修中心過了三個月之後，又去了中東、歐洲與北非，最後到了美國，住最便宜的旅館，以簡單的食物果腹，走一般遊客不會走的克難路線。慢慢地她明白，這是一段自我追尋的旅程，慢慢地她也發現，自己想念他的時間愈來愈多。

以前覺得的平淡，現在想來卻是那樣美好。當她一個人踽踽獨行在異鄉的街道時，總會想起他帶生病的她去看醫生、在廚房裡為她削水果、打電話問她是不是有吃飯……這些種種瑣碎小事。

愛往往不需要太多言語，愛總是藏在平凡與平常的生活細節裡。當她獨自走到天涯的盡頭時，終於明白了這個道理。

在這段期間，她遇見了一些對她表示好感的男人，其中有些也讓她有動心的感覺，但最終還是什麼都沒發生，「那種動心通常都很短暫，像美麗的煙火轉瞬即逝。」她說，「而我愈來愈確定，我真正想要的不是動心，而是安心。」

我明白，能讓一個女人動心的男人很多，但能給一個女人安心的男人十分稀有，而她早已遇到，卻還是從他身邊走開了。

但這樣的走開也是必要的吧，若不是經歷了一個人孤獨的流浪，她若在一年前與他結了婚，也許終其一生都會懷疑那是否真的就是自己想要的人生。然而，她付出的賭注是，現在她要回去了，但他依然還在嗎？

空中廣播已接近台北上空，飛機準備下降，這回我主動握住她的手，感覺得到她的手心裡，那種結果揭曉之前，不安的期待。

「這一年中，你們真的一直沒有聯絡？」我問。

她點點頭，「其實很多時候，我想要打電話給他，但都忍住了。我自己做的決定，我自己要做到。」但當她在結束一年的旅行，也就是在舊金山臨上飛機之前，她發了一則手機簡訊給他，上面只有簡單地寫著飛機班次與抵達時間。

「妳覺得他會來接我嗎？」她小聲地問。

我說我不知道，沒有聯絡的一年裡，會發生太多事了。「但妳一定聽過那個說法：養在籠子裡的鳥兒不是你的，唯有你放牠去飛，而牠還會飛回來，才真的是你的。對他來說，妳是那隻鳥，而對妳來說，他又何嘗不是呢？」

她若有所思地點點頭，沉默半晌，然後燦爛一笑，「是啊，如果他真的是可以讓我安心的人，這一年的分離只是個考驗。若我回來了，但他不在了，那麼只是證明了，我們並不真正屬於彼此。」

雲端是個奇妙的場域，讓萍水相逢的兩個人交心，但那種感覺留在當下就好，當飛機降落在地面，各自有各自的紅塵要奔赴。我和她並沒有留下彼此的聯絡方式，只是在機艙口前給了對方一個祝福的擁抱。

這是多年前的往事了。

我並不知道那個男人後來有沒有出現，但我內心深處知道，已經明白自己要什麼的她，在未來的人生裡會過得很好。

陌生男子的深夜電話

台北下雪的那一天，我的冰箱冷藏室的燈不亮了。咦，冰箱壞了嗎？我反覆將手伸進冷藏室去感覺是否依然有冷氣，但始終無法確定，天氣太冷，冰箱裡外的溫度沒什麼差別，把食物放在冰箱外一樣有冷藏效果，所以也不知道冰箱到底是壞了沒？

過了幾日，天氣回暖了，冰箱裡外的溫度還是沒什麼差別，我這才確定它真的是不行了，於是上街去訂了一個新的冰箱回來。

換冰箱是個大費周章的工程，得先把一個龐然巨物清空，搬走，再把另一個龐然巨物搬進來。一整天我就忙著這件事，還把廚房掃除了一遍。

搬家工人臨走前叮囑我，為了穩定冷媒還是什麼哇啦啦專業的原因（我得了一種只要聽到與化學或物理有關，耳朵就自動關閉的病），新的冰箱要四個小時之後才能插電。是直到這時，我才疑心起來，喔，會不會冰箱其實沒壞，而是插座壞了呢？於是我拿了吹風機去試，但吹風機只是靜止不動。果然。

啊呀，原來我的舊冰箱根本就沒事，有事的是冰箱專用的插座！但一切已經來不及了，它已經被搬走了，去向一個不知名的所在。我已經永遠見不到它了。

這個當下，我覺得非常悵然，同時想起了很久很久以前的某個朋友。我們曾經共同有過一段值得紀念的歲月，但因為當年的某個誤會而漸行漸遠，最後消失在彼此的生命座標之外。多年之後，當我知道是自己誤會他的時候，一切都太遲了，我們已經成為對方的過去式了。

新冰箱美麗大方，我對它沒有任何抱怨，而且愛惜有加，但想起舊冰箱的時候，我心裡總是有著淡淡的感傷。不知它是被當成廢棄物處理，還是成為某人的二手家電？我希望是後者，希望現在的它在某個人廚房裡，繼續好好過日子。

就像那個來不及把誤會解釋清楚就再也見不到的朋友，無論你現在在哪裡，和誰在一起，我都願你很好，也祝福你有一段快樂的關係。

*

但我想說的，其實是我的洗衣機，或者說，是與我的洗衣機連結的一些情感與記憶。

去年夏季最熱的那一天，我的舊洗衣機忽然壞了，它的脫水槽轉不動，一堆衣服浸泡在裡面，成為一種難堪的靜止，偏偏那又是我特別忙碌的時候，一直無法抽空出來去買一個新的，但衣服是天天要洗的，怎麼辦呢？

於是在那段期間，幾乎每天深夜報社下班之後，我就提著一袋衣物到二十四小時不打烊的自助洗衣店去。

那家自助洗衣店位於某個綠樹遍布的安靜巷弄內，還很貼心地有個以原木裝潢的書報區，而在這午夜的時段裡，整條巷子都睡了，一個空曠安靜的空間都成了我的。投下一堆硬幣之後，我就攤開自己帶來的書，坐下來等待。

在此之前，我從未進過自助洗衣店，所以這樣的經驗對我來說好有趣又好新鮮。於是我總會想起「長安一片月，萬戶擣衣聲」之類的詩句，並且有著在深夜水邊浣衣的錯覺，但其實我守候的是一個喀啦喀啦轉動的洗衣滾筒，等著被送進去的髒衣服像變魔術一樣亮晶晶地洗好之後拿出來。

朋友也總會在這個時候傳Line過來：

「又去洗衣服了？」

「是啊！」我回。

「一個人會不會害怕？要不要我陪妳聊聊？」

我並不害怕，只覺得在這樣的當下，萬籟俱寂，只有我是醒的，只有眼前的洗衣滾筒在安然轉動著，一切如此平和寧靜，幾乎是一種幸福了。而朋友的好意，讓我心裡更是感到溫暖。

有一天夜裡，當我又一邊看書一邊等著衣服洗好的時候，手機裡響起的不是Line的訊息聲，而是電話鈴聲。那串數字看起來是個陌生的室內號碼，但我還是接起，也許是我的朋友從哪個臨時的所在打過來的。

「在做什麼？」那頭是一個低沉厚實的男聲，我一時無法分辨是不是朋友的聲音，也就順口回答：

「在洗衣服啊。」

那頭沉默了半晌，只聽見輕輕呼吸的聲音。半晌之後，他說：

「謝謝妳沒有掛我的電話，所以妳願意聽我的解釋嗎？」

我這才確定這是一場誤會。「喔，抱歉，我想你打錯了電話。」我說，「而我剛才一時之間也以為你是我的朋友。」

「啊，我打錯電話了嗎？……妳和我女朋友的聲音很像，都很溫柔很好聽，所以……打擾妳了，對不起……」

「沒關係。」我說，「但如果她對你有什麼誤解，還是趕緊對她解釋清楚吧。」

「希望她不會掛我的電話。」他在那頭苦笑。

「不會的，我想她一定也在等你的電話。」頓了一下，我又說，「只是這次別再打錯了噢。」

「謝謝妳！晚安。」

「晚安。」

掛斷電話之後，我望著自助洗衣店外那排路樹，想起一些很久很久以前的事情，心裡有著事過境遷的平靜，平靜之中有著時移事往的感傷。

會不會當年，我的朋友也曾經在深夜裡猶豫著拿起電話，因為心神不寧的緣故，撥錯了號碼，後來就失去了再打一次的勇氣？

人生裡有太多誤解，有些可解，有些無解，有些因為解開而算了，有些則因為解不開也只好算了；也許到最後，一切可解不可解的都得放下，都只能一笑置之，但若能在還能解的時候解開，化解曾有的遺憾，終究是一種安慰，一種天闊雲清的釋然。

夏季接近尾聲的時候，我終於買了一個新的洗衣機，結束了我的自助洗衣時期。新貨是那種洗脫烘一次完成的滾筒式洗衣機，每當我把衣服放進去，而它喀啦喀拉開始轉動起來的時候，我總會想起那段深夜的靜巷裡，獨自一人守著一間自助洗衣店的奇妙時光，也會想起那通打錯的電話。不知後來，那個陌生男人是否已和那個她把曾有的誤會解開呢？希望他們現在正過著平靜甜蜜的日子，再沒有比相愛的人能互相信任更美好的事了。

就當蜻蜓掠過水面

我的朋友遇到慘烈的婚變，就像最沒創意的編劇編出來的那種劇情：先生出軌，小三竟是她的多年閨蜜。遭到婚姻與友情的雙重背叛讓朋友萬念俱灰，一個恍神就出了車禍。躺在醫院裡的時候，她的昔日閨蜜來看她，帶來一籃蘋果和一句對不起。朋友別過頭去，只當沒聽見。

「在那種狀況下，我寧可她別道歉，因為她只是想消滅自己的罪惡感，但再多的道歉也不能讓我的痛苦稍稍減少。」多年之後，朋友對我說起這段難過的往事，依然眉頭緊蹙，「那種感覺就像是，她先砍下我的一隻手臂，再丟給我一塊藥膏貼布，非常荒謬，只是讓我更憤怒而已。」何況當時的她還真的斷了一條腿，不但失去婚姻、失去友情、失去健康，也失去行動自由，那真是一個女人人生的谷底。她憔悴萬分地躺在那兒，一下子就老了十歲，對手卻以光鮮亮麗的姿態，高高在上地俯視著她的慘狀，那種高低落差對比強烈，一句輕描淡寫的對不起，不但沒有讓她感到誠意，只覺得更受辱而已。

道歉是一門藝術，什麼時候道歉，如何道歉，都是學問。最重要的是，如果沒有讓對方感到其中的真心誠意，說再多的對不起也無濟於事。

我的另一個朋友為了叛逆的孩子而煩惱不已，心理諮商師給他開的藥方是：說服前妻，一起向孩子認真地道歉。因為那孩子表現出來的偏差行為，反映了水火不容的父母帶來的傷害。

若彼此處於對峙狀態，關係必然緊繃，當有一方願意承認錯誤，緊繃的態勢才能開始鬆動。

二〇一四年二月，村上春樹在一篇小說裡，描寫一個來自北海道中頓別町在東京工作的年輕女子，開車時順手將燃燒中的菸蒂扔向窗外的情景，未料這個丟棄菸蒂的動作引起中頓別町居民的不悅，當地議會甚至向刊載這篇小說的《文藝春秋》遞交抗議信，表示這段描寫「讓本地居民感到屈辱」；村上春樹因此在同一本雜誌公開表達歉意，並允諾會在出版單行本時，將筆下亂扔菸蒂的女子改為來自他處。村上春樹的這個道歉舉動掀起文學與現實是否該畫上等號的討論，但無論是否真正有錯，以他這樣一位全球知名的作家，願意衷心為造成他人的不悅而發表道歉聲明，這份誠意還是得到普遍的肯定。

道歉有時無關對錯，而是一種社會禮儀，或是一種個人教養。道歉有時也代表願意承擔前人的過犯，為歷史贖罪。

距今四十多年前，德國總理勃蘭特訪問波蘭時，冒著十二月的風雪來到華沙紀念猶太人的死難者紀念碑前，在獻上花圈之後，他忽然屈膝跪下，並垂首禱告：「上帝饒恕我們吧！願苦難的靈魂得到安寧。」這個鄭重的道歉，撫慰了許多曾被納粹蹂躪的猶太人受創的心靈，也讓勃蘭特獲得了諾貝爾和平獎。

近年來風行於世的夏威夷心靈療法「荷歐波諾波諾」，主張常在心中默唸四句話，可以清除一切負面能量，解決人生中的所有難題，「對不起，請原諒我，謝謝你，我愛你」因此成為一般人朗朗上口的靈修語言。這四句話或許可取代宗教概念，其中「謝謝你」是感恩，「我愛你」是慈悲，而前兩句「對不起，請原諒我」和佛家的懺悔、基督教的罪人，異曲同工，都是對無明之業表達悔意，請求寬恕，因為你永遠不知道，自己在什麼時候、什麼狀態之下，無心傷害了什麼人，而基於回力鏢原理，所有的傷害都會回到自己身上來，所以必須清理那些負面能量。宗教上的罪愆觀念往往令人感到太沉重，但這四句話總結為對天地的臣服，唸起來卻有一種輕盈的音韻，甚至有人為它譜了曲，成為一首節奏簡單卻容易吟唱的歌。

我常常默唸這四句話，並意外地發現，在塞車的時候非常有效。長長的車陣就像撥開的雲霧一樣，前方會漸漸清出一條雖不能說暢行無阻、至少是可以看見地面的道路。也許只是巧合，但我還是樂意相信這其中有某種巧妙的關聯。

心中常懷愛與感謝，並願意對自己的無心之過表達歉意，祈求冥冥中的寬恕，可以讓一個人的心念更清和，更平靜，更柔軟，也更懂得謙卑。

內省型的人因為總是不斷地自我反省，所以也總是願意承認錯誤並請求原諒。但對於另一種人來說，說一聲對不起無比艱難，彷彿道歉就是有傷自尊，他們不願承擔責任，千錯萬錯都是別人的錯。然而恰恰相反的是，願意對自己的過錯造成別人的不舒服而表示歉意，其實是一種自信與尊嚴的表現。

我曾經遲遲等不到一個道歉，最後終於完全心灰意冷而徹底放棄，因為我發現，問題在於對方根本不認為有錯，對於傷害了別人也毫不在乎，那種惡意非常單純，接近原始的兇殘，就像幼稚的孩子撕開蝴蝶的翅膀一樣，完全沒有罪惡感。那讓人連原諒都無從原諒起——如果犯錯的人毫無歉意，寬恕與否也就失去了意義。

也曾經盤據在胸臆之間的歉疚無處可去，於是那些始終未能釋放的情緒，就像鬼魅一樣，會在夜深人靜的時候循著記憶的舊時路徑悄悄回來，令人心如刀絞。曾經因為年輕與無心而犯下的過錯，或許從此成為某個人心頭的傷痕，當時不明白，後來才懂得了，但過去已經過去，回來的只有陰魂不散的悔恨與歉意。

然而時光不能倒流，誰也不能回到從前去修正自己的錯誤，於是我漸漸學會寬宥過往也原諒自己，若還有不能釋懷的就先暫放一旁，不再多想。畢竟心頭的重擔總要放下，就像乘著熱氣球旅行一樣，除非捨得丟棄那些過時的行李，否則無法高飛。

而現在，我開始懂得對許多事一笑置之，不管那是我的錯，別人的錯，或是天曉得誰的錯，都已不再苦苦追究。既然過了就算了，也無所謂了。生命演出了注定的劇本，或許身不由己，但心靈可以超越其上。那已無關於道歉與原諒，而是透徹地看清了之後，就知道必須釋放。

於是不知從什麼時候起，令人終宵不寐的憂愁愈來愈淡，曾經輾轉反側的煩惱如今遠如輕煙，以前要三天才能過去的糾結，現在深呼吸三下也就放下了。這樣的改變總在不知不覺之間，驀然回首才驚覺，那是何其漫長的歲月換來的啊。

再也沒有誰欠我一個道歉，我也不再奢求得到誰的原諒，畢竟都已時移事往，只能寬容一切的發生，並接納那就是生命歷程的一部分。是非對錯就像蜻蜓掠過的水面，漣漪早就消於無形，也像飛鳥經過的天空，去留也不見痕跡。當我在心中默唸「對不起，請原諒我，謝謝你，我愛你」這四句話時，對象不是任何人，而是無盡的存有，是我內在的小孩。我既是誠心懺悔的勃蘭特，也是接受道歉的死難紀念碑。一切的贖罪與寬恕都在我的內在生起與完成，也只對我的個人歷史有意義。

人生苦短，何必浪費在悔恨之中？在來得及的時候道歉並原諒，至於那些來不及的，就釋放於天地之間，還給無邊的虛空吧。

是的，在付出了許多人生的代價之後，我們終於不再自我爭戰與折磨，終於懂得放過自己。

遠方依然有光

常常會恍若聽見時光如水滔滔從耳畔流逝的聲音，尤其是在知道有同齡朋友離開人世的時候。那種時刻，就像看見一朵花在眼前落下，無聲地捲入時間的洪流之中，再也不能回頭。

於是在哀悼之餘也有心驚，總以為自己還年輕，但離開的朋友提醒了我，生命其實短促，許多事再不做，或許就要來不及。

像我們這樣的五年級生，經歷了外在的動盪和內在的變化，從前的世界和現在的世界不一樣，過去的自己和如今的自己不一樣，回顧所來徑，曾經期待的風景和此刻看見的風景也不一樣，終於懂得人生不是可以由自己掌握的，終於明白人外有人天外有天，終於知道無法改變世界，只能好好善待自己。

K為了老父留職停薪一年，他們父子之間有些陳年心結待解，那是一直壓在他的心上使他耿耿於懷的東西，他怕再不面對就沒時間了，於是決定放下工作，回家陪伴獨身老父。他說父子角色互換了過來，彷彿他是年輕的爸爸，而父親成了年老的孩子，處處仰賴他的照顧。很累，但他甘之如飴。

W迷上了單車，他說那種不斷把經過的風景拋在腦後的感覺太療癒了，就像「現在」不停地變成「過去」似的，使他在前進之中悟出不少人生哲理，而那種酣暢淋漓的痛快也讓他覺得自己其實還不老；挑戰環島之後，他還騎過北海道、東歐與北非，目前正在計畫單槍匹馬橫越西域。他說生活曾經像一潭死水，但單騎闖天涯讓他覺得自己又活了過來。

C辭職回鄉，把台南老家改造一番，開了一間兼賣咖啡的獨立書店，擺在店裡的都是她自己喜歡的書，任何一個客人走進店裡從書架上抽下任何一本書，她都能對那本書做出細膩而獨特的介紹。她的書店不為了賺錢，而是賺自己的快樂。她說二十歲的時候就想這麼做了，想了三十年，終於有能力付諸行動。

E終於付諸行動的則是離開早已名存實亡的婚姻，回到獨立的自己，她說其實從沒習慣和另一個人同床共枕，所以十幾年來的婚姻一直處於失眠狀態，現在不必介意另一個身體的存在，她自己一人在床上愛怎麼翻滾就怎麼翻滾，這才感到身心放鬆的滋味，「原來自由是這麼具體的感覺啊。」她悠然長嘆。

我的朋友們懷著相同的勇氣，各自做出不同的改變，因為人生苦短，在離開這個世界之前，就不要留下更多遺憾了，所以想做的事要快快去做。

五年級的心情是《聖經》〈雅歌〉裡的句子，「天起涼風，日影飛去」，我們就像站在某個山頭上，起風了，黃昏就要來了，還是趁著天色未暗時尋找下山的路吧。

＊

像我們這樣的五年級生，在戒嚴時代出生，而今網路上隨處可見KUSO當權者的諷刺漫畫，我們當小學生的時候走過的每一堵牆都漆著保密防諜的標語，而今全台從北到南的景點都擠滿了陸客；世界在我們眼前翻轉變化，光華商場改了，中華商場拆了，國際學舍不見了，美國與我們斷交了，萬年國代終結了，總統開始民選了，民歌興起又消失了……然後轉眼之間，占領立法院的反服貿已取代一九九〇的野百合運動成為新一代的學運方式，高達百分之九十幾的大學錄取率是當年為了聯考焚膏繼晷的我們難以想像的；我們要偷偷問別人什麼是ＢＪ４，習慣了ＦＢ就懶得再學習如何使用Twitter，在Line裡貼上可愛圖案做為回覆的時候總是有點小小的心虛，懷疑沒有用文字回答會不會太敷衍了？世界不再以我們為中心，新世代的浪潮正在把我們捲成歷史的水花。於是我們忽然一驚，天啊，難道自己已經是上一代的人了嗎？

前些日子的某一天，為了寫一篇稿子，我進入DVD出租店去，打算租一片《亂世佳人》，但店裡沒有這張片子，模樣看來只有十八歲的櫃檯妹妹也沒有聽過這部電影，然而那是經典名片啊，美好事物被遺忘的速度竟然如此之快，令我在驚愕之餘也有感傷，偏偏一個朋友還來補刀：「現在的年輕人誰會去租影片？大家都是在網路上看片子了！」是啊，我十八歲的時候，DVD還沒發明出來呢。

崔健唱著「這世界變化快」，什麼時候，我們也成了遙想當年的一代？對我們這樣的五年級生來說，過去的環境比較美，過去的治安也比較好，過去的日子雖然不富裕卻比較緩慢悠閒。因為父親在大學擔任教官，我在民生東路的教職員宿舍住了十幾年，那裡在我小學時代還曾經有過大片的農田，如今想來簡直像宮崎駿的卡通一樣奇幻；而更早之前，我住在桃園眷村，父親不過是校級軍階，家裡卻是前後都有院子的日式房子，而那樣的房子現在只有到青田六七或齊東詩舍那樣的地方才能重溫舊夢了。但也可能是我當時太小，在回憶中把房子放大了。無論如何，希望還能回到那樣綠意盎然的房子裡去住，此後就成了我的心願之一。

不過，現在的房價已高得像傑克那株入雲的豌豆苗，十萬元一坪的好日子早就一去不回。

*

一去不回的，還有我們的青春。

因為臉書的緣故，一群當年大學裡的社團好友在二十多年未見之後又重新聚首，這才發現八個人裡有四人離婚，三人始終單身，人人都有一些故事，一些滄桑，但在笑談間，一切也都逝如塵埃，灰飛煙滅。

「話說回來了，那時我們有夢，關於文學，關於愛情，關於穿越世界的旅行。如今我們深夜飲酒，杯子碰到一起，都是夢破碎的聲音。」北島在年近五十的時候寫下這段話，很符合我們的寫照，但並不是悲情，而是認清了現實，並且心平氣和地接受了自己的現狀。

接受現在的自己，然後與過去和解，如果說歲月增長能換來什麼珍貴的心得，就是這樣了吧。

就像我的朋友T，她在大學時期曾經暗戀一個男同學長達四年，為此她拒絕了其他的追求者，就這麼寂寥也無聊地度過人生裡應該最璀璨的時光。多年後，臉書把失聯的兩人又串在一起，T和當年暗戀的對象在新加坡的機場見了面，那只是一杯咖啡的時間，而T也只想問他一個問題：「當年你究竟曉不曉得，我暗戀著你？」經過這麼多年，一切的悸動與情愫早已淡去，她純粹就是想知道，自己那四年的暗戀是否曾在對方面前洩露痕跡？對方笑了起來，說：「我受寵若驚，那是我的幸運。」T百感交集，半開玩笑半認真地說：「好啦！總之我大學四年的美好人生都被你毀了。」說完這句話之後，T如釋重負，覺得終於把過去的自己放下了。喝完那杯咖啡，兩人擁抱互道珍重再見，然後一個飛台灣，一個飛北京，從此又是千山萬水。

另外一個朋友Y，當年離婚離得轟轟烈烈，現在與他的前妻又成了無話不談的朋友。

還有S，見了初戀情人的最後一面，原諒了他曾經的移情別戀。

時間把一切愛憎怨苦都撫平，當年說不出口的話，過不去的事，現在都成了天邊雲煙。

當然還有許多有待和解的，那就交給更後面的時間吧。時間會累積足夠的能量，在水到渠成的時候給我們答案。

五年級畢竟是一個精采的世代，不會再有一個世代像我們經歷了那麼多的變化，我們看著經濟起飛又看著經濟衰頹，我們曾經迷惑於國族認同和自我價值，我們走過最好的年代也走過各自的崎嶇；我們失去了青春，得到了智慧；失去了純真，得到了可能冷暖自知可能痛不欲生的經驗；我們失去了自己，又得回了自己，人生繞了一大圈，再聽到羅大佑的〈光陰的故事〉或〈戀曲一九九〇〉會不禁熱淚盈眶。「身體或靈魂，總要有一個在路上。」當我們看到這兩句話的時候，心裡依然有夢，眼中依然有光。到了這個時候，我們都已經很清楚地知道，無論是家庭、事業還是其他，都不是人生的全部，一定還有什麼更重要的東西，像是遠方海面上的燈塔，依然閃爍在前方。

但那更重要的究竟是什麼呢？或許就是尚待完成的心願吧。想做的事要開始去做，對我們這樣的五年級生來說，真的是一件好重要的事啊。就像K的父子和解，W的單騎走天涯，C的獨立書店，E的自我追尋，明年冬天，我也將前往北極，去等待綠光出現。我們終於知道無法改變世界，因為世界自己會改變，我們所能做的就是善待自己。

黃昏就要來了，所以別等到天黑，不要在有限的人生裡給自己留下無限的遺憾，這就是善待自己的方式。

國家圖書館出版品預行編目資料

花開的好日子 / 彭樹君著 . -- 初版 . -- 臺北市：皇冠, 2016.06
面；公分. --（皇冠叢書；第4553種）(TEA TIME；6)
ISBN 978-957-33-3241-1（平裝）

855　　105008938

皇冠叢書第 4553 種
TEA TIME 06

花開的好日子

作　　者—彭樹君
發 行 人—平雲
出版發行—皇冠文化出版有限公司
台北市敦化北路 120 巷 50 號
電話◎ 02-27168888
郵撥帳號◎ 15261516 號
皇冠出版社（香港）有限公司
香港上環文咸東街 50 號寶恒商業中心
23 樓 2301-3 室
電話◎ 2529-1778　傳真◎ 2527-0904
總 編 輯—龔橞甄
責任主編—許婷婷
責任編輯—蔡承歡
美術設計—嚴昱琳
著作完成日期— 2016 年 05 月
初版一刷日期— 2016 年 06 月

法律顧問—王惠光律師

讀者服務傳真專線◎ 02-27150507
電腦編號◎ 421006
ISBN ◎ 978-957-33-3241-1
Printed in Taiwan
本書定價◎新台幣 300 元 / 港幣 100 元